AF217639

Elias Kubassa & Sebastian Thürschweller

TOTal **EX**trem

Liebeskrimi

Impressum:
© 2021 Elias Kubassa, Sebastian Thürschweller

Verlag und Druck: tredition GmbH, Halenreie 40-44, 22359 Hamburg

ISBN
978-3-347-28539-2 (Paperback)
978-3-347-28540-8 (Hardcover)
978-3-347-28541-5 (e-Book)

Die Begegnung

Es war an einem stinklangweiligen Abend als sich Sarah dachte: „Immer diese faden Abende niemand in den Bars und auf den Straßen auch nichts los." Sie schlenderte gerade durch die Straßen und fragte sich, warum sie keinen Freund hatte. Sie war echt die Einzige, die keinen abbekommen hatte. Freundinnen? Ja, die hatte sie, aber keine wirklichen. Da waren Sophie und Mari. Sophie wollte mit ihr immer etwas machen, aber seit knapp einem Monat hing sie nur mehr mit ihrem Freund Max ab und was die sonst noch so treiben wollte sie gar nicht wissen. Mari war nie hier in London, denn seit einem Jahr ging sie in Dublin in die Berufsschule und jetzt hatte sie auch einen Freund dort, den sie sehr mochte und nun kam sie auch fast nie mehr nach London.

Sarah konnte nicht weiterdenken, denn sie sah vor sich einen Mann. Er war ca. 21 Jahre alt, hatte wunderschöne Haare, ein blaues Hemd an und als sie bei ihm vorbeiging, sprach sie ihn an. Der Junge hörte sie und sagte: „Hi, kenn ich dich oder bist du wieder so eine die mich nur wegen den Haaren anspricht?" „Das Zweite.", meinte sie cool. Er blickte sie an und fragte aufgeregt: „Sorry, dass ich so frage, aber wer bist du?" Sarah meinte: „Ich bin Sarah." „Ok ich bin John.", antwortete er. Sie redeten so weiter und John begann über sein Leben zu erzählen. Er meinte, dass er ein Kind namens Henry hätte und er erzählte auch davon, dass er schon eine Scheidung durchmachte und jetzt wieder Single sei. Sarah dachte sich: „Wenn das kein Schicksalsschlag ist weiß ich auch nicht mehr so recht."

Sie gingen gerade bei einer Bar vorbei, in der endlich etwas los war. Sofort fragte sie John, ob sie in diese Bar gehen sollten. Er bejahte gleich und war einverstanden. Sie bestellte einen Wodka Martini und er einen Hugo. Er war ein Romantiker hoch 10. Sie machten es sich neben einem Klavier gemütlich und Sarah war sich ein und allemal klar, dass sie nicht mehr lang Single bleiben würde. Nun erzählte Sarah aus ihrem Leben und John hörte gespannt zu. Sie tauschten ihre Nummern aus und Sarah meinte, dass ein schweres Leben hinter ihr liegen würde. Ihre Eltern waren arm und sie war nur durch ein Stipendium auf die Universität gekommen, um nicht als Arbeitslose und Obdachlose zu enden. John hörte zu und er dachte auf einmal wieder an seine alte Freundin und ob sie sauer sein würde, wenn er eine neue Freundin hätte. Er dachte an seine Eltern, die eigentlich glücklich und zufrieden für sich selbst dahinlebten und an seine Oma, die im Sterben lag und die, die Einzige war, die wirklich für ihn da war, wenn er etwas brauchte. Sie war echt die Einzige die ihn wirklich mochte und sich für ihn einsetzte.

Er dachte was passiert, wenn sie tot wäre und ihm in schwierigen Situationen nicht mehr helfen könnte? Würden ihm seine Eltern helfen und ihm wieder nicht zuhören und ihn verachten? Diese Gedanken gingen ihm durch den Kopf und er war sehr gespannt, ob Sarah ihn auch als Freund in der Not bezeichnete oder ob sie wirklich eine Beziehung wollte.

Er brauchte jedenfalls noch eine Auszeit dachte er, aber es sollte anders kommen, denn als sie aus der Bar kamen wurde es richtig romantisch und sie gingen mit erleuchtetem Herzen Arm in Arm durch die Stadt. Auf einmal tauchte der Mond auf und der erste Kuss stand so nahe wie noch nie zu vor. Sarah war so glücklich und sie war sicher, dass sie verliebt war. John hingegen wurde es für die erste Begegnung schon langsam zu viel, aber er fühlte sich seit langer Zeit endlich wieder glücklich. Er war sich sicher, dass er Sarah liebte, aber er kannte sie erst einen Tag. Auf einmal passierte etwas, dass ihn aus seinen Gedanken riss. Seine alte Freundin Sherry erschien gerade am anderen Ende der Straße und sie durfte ihn nicht mit einer anderen Freundin sehen, dass war ihm klar. Hastig verabschiedete er sich von Sarah und schlich in die nächste Seitengasse.

Sarah fragte sich, was los war. John war so nett und er sah auch so glücklich aus. Warum verabschiedete er sich jetzt so schnell? Sarah war ganz verwundert und verärgert, denn sie hatte die Hoffnung in John einen Freund zu finden und hoffte zu den Partys nicht mehr allein kommen zu müssen. Doch jetzt musste sie wieder allein durch die Straßen ziehen und darauf warten, dass ein Junge sie anreden würde und bis das passieren würde, konnte es noch Jahre dauern. Sie ging deprimiert und verärgert heim, weil sie ihre einmalige Chance verspielt hatte, einen Freund zu finden. John war auch verärgert, denn wenn Sherry nicht aufgetaucht wäre, hätte er vielleicht seine große Liebe gefunden. Sherry war eine Freundin, die immer erwartete, dass John mit ihr etwas unternahm und John wollte das meist nicht, also hatten sie sich getrennt, aber John war sich nicht sicher, ob sie sich wirklich getrennt hatten, also wollte er, dass Sherry ihn nicht mit einer anderen Freundin sah. Er ging betrübt und lustlos zur Wohnung seines Freundes. Er wohnte eigentlich bei Sherry, aber die warf ihn aus der Wohnung als er ihr klarmachen wollte, dass es aus war. Nun wohnte er bei seinem Freund Jack. Dieses Haus war eine ziemliche Bruchbude und der Schimmel war in allen Ecken und Wänden zu riechen und auch zu sehen. John war sich sicher, dass er bald aus diesem Haus hinauswollte. Und warum nicht bei einer Freundin einziehen? Da hätte er gleich zwei Fliegen mit einer Klappe geschlagen. Sarah kam gerade um die letzte Ecke zu ihrem Haus, als sie schon ihr Handy läuten hörte. Sie dachte es sei John und sie hob schnell ab, aber da hörte sie die Stimme ihrer Freundin Mari. „Hallo ich bin grade am Meer. Sarah wie geht`s hast du endlich einen Freund gefunden oder bist du lieber Single?" Sarah erzählte ihr die ganze Geschichte. Am Ende des Gesprächs fragte Mari Sarah noch, ob sie nach Dublin kommen möchte, um mit ihrem Freund und ihr ein paar Tage abzuhängen, aber Sarah hatte noch Hoffnung auf John und wollte deswegen in London bleiben. Sie legte auf und ging noch immer deprimiert in ihr Haus. Doch auf einmal klingelte ihr Handy erneut. Es war diesmal nicht Mari, sondern John. Sie hob ab und fragte sofort warum er gehen musste. John meinte, dass er einen Bekannten sah und ihn grüßen wollte. Sarah war beruhigt und meinte: „Ok." John fragte ob sie sich vielleicht zum Abendessen treffen wollten. Sarah sagte zu und als sie auflegte jauchzte sie auf und ging befriedigt und mit gutem Gewissen schlafen. John war erleichtert, dass er es geschafft hatte Sarah klarzumachen, warum er so schnell gegangen war. Er war sehr glücklich darüber, dass Sarah mit ihm ausgehen wollte und er endlich ein lustiges und großartiges Mädchen daten könnte.

Sarah wachte auf und wollte sich gerade einen Tee holen, doch leider hatte sie keinen mehr in der Küche stehen, deshalb musste sie zum Teeladen gehen. Als sie ihr Schlafzimmer verließ, stand sie vor 120 Stufen. Sie fühlte sich kränklich und wollte nicht die ganzen Stufen hinuntergehen, doch sie hatte keine Wahl. Als sie die ganzen Stufen hinter sich hatte, ging sie los und sah wie die Stufen sich von ihr entfernten. Nun stand sie vor dem Teeladen. Sie ging hinein und nahm ihren Hustentee, doch als sie vor der Kassa stand, bemerkte sie, dass ihr Geldbeutel noch auf dem Esstisch in ihrem Zimmer lag. Nun musste sie den ganzen langen Weg zurück und die ganzen 120 Stufen wieder hinaufgehen. Doch ihr Geldbeutel war nicht dort, wo sie dachte. Sie probierte sich daran zu erinnern, wo sie ihren Geldbeutel das letzte Mal liegen ließ und ging dabei auf die Terrasse. Plötzlich griff ihr wer von hinten auf die Schulter. Bevor sie sich umdrehen konnte, warf die geisterhafte Gestalt Sarah über das Geländer auf die Seite und sie stürzte in den Tod. Mit verschwommenem Blick sah Sarah nach oben und sie sah John am Geländer stehen. Er lachte sie aus und schrie ihr hinterher: „Und du solltest mich wirklich lieben? Ein Witz!" Sarah hatte solche Angst, dass sie laut aufschrie und als sie aufprallte wachte sie auf.

Sie hatte alles nur geträumt. Sie lag noch in ihrem Bett als ihr der Gedanke kam, dass dieser Traum irgendetwas zu bedeuten hatte. Auf einmal bekam sie schreckliche Angst und sie wollte irgendwie nicht mehr zu dem Date mit John. Sie wollte einfach daheimbleiben und den ganzen Tag in ihrem Zimmer verbringen, aber als sie da allein im Bett lag in der einsamen Wohnung, wurde ihr klar, dass sie nicht allein bleiben wollte.

Also ging sie trotz dieser Ängste und miesen Befürchtungen in die Stadt.

Bis zu dem Date hatte sie noch lange Zeit und als erstes fuhr sie erstmal zur Universität, um ein paar Lernsachen zu holen, die sie am letzten Tag vergessen hatte. In der UNI angekommen, sah sie zu ihrer größten Verwunderung John in einer Lesung sitzen. Sie beachtete ihn gar nicht und holte schnell ihre Sachen. Sie wollte ihn noch nicht sehen, denn ihre Angst vor dem Traum war noch zu groß. Man konnte nicht beschreiben was ihr zurzeit durch den Kopf ging. Sarah hörte die Stimme von John und sie verschwand schnell hinter einer Ecke. Als sie draußen ankam, sprang sie in den Bus. Sie fuhr in den Park, um dort ein wenig für die Prüfung, die sie in drei Tagen hatte, zu lernen. Sarah nahm sich ihr Chemieheft und las, aber sie konnte sich nicht konzentrieren, da sie immer an John und ihr erstes Date denken musste. John hörte gespannt zu, aber ihm ging es gleich wie Sarah, er konnte der langweiligen Vorlesung nicht folgen. Er musste immer an Sarah denken. Er war von ihr verzaubert und nach der Lesung versuchte er Physik zu lernen, aber es ging nicht. Die Informationen waren so uninteressant, sodass er fast einschlief. Als er sich selbst ausfragen wollte, konnte er nicht einmal die Hälfte also beschloss er später zu lernen. Sarah hingegen ließ nicht locker und so las sie sich den ganzen Nachmittag nur chemische Formeln und irgendwelche völlig sinnlosen Vokabeln durch. John hingegen machte sich einen lustigen Tag mit Max seinem Freund. Sie zogen durch die Straßen und blieben hier und da einmal stehen. John erzählte auch von Sarah, aber Max wollte nichts über sie wissen und sie sprachen nicht mehr über sie, trotzdem brachte John Sarah nicht aus seinem Kopf. Er musste immer an sie denken und an den Abend, der beide hoffentlich große Freude bereiten würde. Irgendwie verstrich die Zeit und als John auf seine alte

Armbanduhr schaute, die für ihn sehr wert-voll war, da sie ihm schon viele Dienste er-wiesen hatte, sah er, dass sein Date schon in einer Stunde war. Er verabschiedete sich schnell von Max und ging sofort nach Hause. Als er gerade losgehen wollte, bemerkte er, dass er seit drei Tagen immer das gleiche Gewand anhatte. John zog sich schnell um. Er wollte doch nicht stinken. John nahm eine Jeansjacke und eine coole Jeans. Er wollte großartig ausschauen und deswegen bei Sa-rah auffallen. Sarah war voller Hektik. Sie versuchte sich zu beruhigen, doch sie wusste nicht, was sie anziehen sollte. Sie war mit der Situation nicht zufrieden, denn sie hatte Riesenstress.

Sarah wusste nicht was sie machen sollte und John würde doch gleich kommen. Hilflos rief sie ihre Freundin Sophie an und glücklicherweise erklärte sie sich bereit ihr zu helfen. Sophie konnte mit solchen Situa-tionen gut umgehen. Schließlich hatte sie schon zwei Freunde mit den gleichen Problemen. Sarah dachte sich alles wird gut werden, aber sich diese Gedanken einzureden war schon schwer genug und dazu hatte sie auch noch Angst vor dem Traum. Es war schwer an das Positive zu denken und zu glauben. Sarah hatte Angst, aber irgendein Gefühl bewies ihr, dass John sie liebte und so beruhigte sie sich etwas. John ging es nicht besser, denn er hatte Angst wegen Sherry und dass sie ihn hassen würde, denn ob es ganz aus war, wusste er auch noch nicht. Er nahm sich vor am heutigen Abend nicht zu viel zu trinken, um nicht zu hart rüberzukommen, denn er wollte einen guten Eindruck machen, da er Sarah wahrscheinlich wirklich liebte.

Nur ein Essen?

Es war am 25. 10. als Sarah an ihrer Tür ein Klingeln hörte und sie langsam die Tür öffnete. John stand vor der Tür und sie wusste, dass es kein Zurück mehr geben würde. Sie wechselten noch ein paar Worte und dann schritten sie in Sarahs erstes Date hinein. John hatte schon ein Restaurant ausgesucht. Das Restaurant lag in einem abgelegenen Stadtgebiet. Dort war die Stadt herabgelassen und der Schmutz zog sich durch alle Gassen. Es war alles andere als romantisch und Sarahs Angst wuchs, denn sie bezweifelte, dass es dort noch ein Restaurant geben würde. Sie sollte sich irren, denn nach einem Stück sah sie durch, das größte Erstaunen ihrerseits ein kleines, aber doch wohl ausgestattetes Häuschen. Die Leute, welche dieses Haus betrieben, konnten nicht sehr reich sein, denn als sie hinein kamen war nur ein jung verliebtes Paar hier und Kellner gab es auch nur einen. Es war eine sehr heruntergekommene Hütte und sicher kein fünf Sterne Restaurant. Dieses Gasthaus kam höchstens auf zwei vielleicht auch drei Sterne. Als sie im Gasthaus, welches außerdem „The London Court" hieß, ankamen, wurden sie gleich freundlich begrüßt und Sarah wurde gleich ein bisschen lockerer. John war auch noch nie in diesem Haus und er war glücklich, dass die Leute dort nett waren. Der Kellner, ca. 33 Jahre alt und mit einem Seitenscheitel nach links, führte sie zu einem bequemen Tisch in einer Ecke neben dem Feuer, das gerade von einem jungen Buben angezündet wurde. Dieser Bub war höchstens fünf Jahre alt und er tat sich sehr schwer ein Streichhölzchen anzuzünden. Endlich hatte er es geschafft und das Feuer brannte, aber dann ging das Feuer wieder aus und das ganze Spiel begann von vorne. Für Sarah war es echt ein Spaß dem kleinen Jungen zuzuschauen. Als der Kellner kam, brachte er die Karten und als John einen Blick auf die Karte warf merkte er, dass ihm dieser Abend richtig Spaß machte. Die Karte war sehr vielseitig und Sarah musste sich erst beraten, um sich später doch für eine Lasagne zu entscheiden. Johns Entscheidung war leichter, denn sein absolutes Lieblingsessen stand auf der Karte und zwar Garnelen mit Curryreis. Als John sein Gericht bestellte, musste er sofort an seine Oma denken, denn seine Oma hatte ihm früher, als er noch ein kleines Kind war, und es ihr noch gut gegangen war eingeredet, dass er Garnelen probieren sollte und ab diesem Tag liebte er Garnelen. In diesem Moment wurde er traurig, denn seine Oma lag im Sterben. John liebte seine Oma mehr als seine Eltern und er war irgendwie wütend auf seine Eltern, da ihnen so egal war, wie es seiner Oma ging.

So in Gedanken versunken hörte er nicht einmal zu, was Sarah sprach und als sie ihn nachher fragte, was er davon hielt, wurde er auf sich wütend denn an einem Date sollte man immer der Person zuhören, die sprach. Das sagte zumindest Johns Oma. Verärgert fragte er Sarah was sie gesagt hatte, aber sie war Gott sei Dank so nett, dass sie ihm nicht böse war. Wie konnte Sarah auch auf John wütend sein? Sie liebte ihn. Das Gespräch lief gut und bald kam das Essen serviert. Beim ersten Bissen war Sarah in das witzige und gedankenversunkene Gespräch so vertieft, dass sie sich ihre Zunge verbrannte und sie musste sich sehr bemühen, um nicht laut aufzuschreien. Verkniffen zwickte sie sich in die Nieren, um den Schmerz auf der Zunge weniger zu spüren, als John sie mit einer direkten Frage von ihrer Unannehmlichkeit ablenkte. Er fragte: „Liebst du…", Sarah stockte zumindest, als sie den Anfang hörte, denn sie fand diese Frage ein bisschen früh, John sprach die Frage zu Ende: „…die Lasagne?" Erleichtert atmete Sarah auf und dann antwortete sie mit einem Lächeln im Gesicht, woran man eigentlich schon die

Antwort entnehmen konnte: „Ja." Beim Essen lächelte er Sarah die ganze Zeit an und er konnte den Blick nicht von ihr lassen. Es war ein wunderschöner Abend zum Verlieben und das bewirkte er auch, denn dass sich dieses neue Paar nicht lieben würde konnte man nicht sagen.

Fünf Wörter verändern alles

Endlich startete der Flieger und Sarah konnte es nicht erwarten zum ersten Mal nicht auf festem Boden zu stehen. John hatte ihr zu ihrem 20. Geburtstag eine Reise nach Mallorca geschenkt. Hand in Hand, mit ihrem Freund im Flieger, war sie zu dem Ort unterwegs, von dem sie schon immer geträumt hatte. Als Sarah keinen Boden mehr unter ihren Füßen verspürte, fühlte sie sich einfach frei. Sie war etwas aufgeregt, denn der Flug war vier Stunden lang und sie konnte nicht lange auf einem Fleck sitzen. John war glücklich, denn er hatte noch eine Überraschung vorbereitet. Mulmig wurde Sarah erst, als der Flieger über das Meer flog. Das Meer war an dieser Stelle sehr wild und es sah gefährlich aus. Als sie schon ein Stück geflogen waren, meinte John, dass er eine große Überraschung habe und Sarah nicht mehr lang auf die Folter spannen wollte. Sarah war ganz verwundert, denn eine Überraschung im Flieger war schwer, doch es sollte anders kommen, denn auf einmal stand John auf und ging auf die Knie und fragte: „Willst du meine Frau werden?" Sarah war sprachlos und sie konnte erst gar nichts sagen, aber nach weniger als eine Minute stotterte sie irgendwie: „Ja, ich will." Es war kurz und trotzdem veränderte es ein ganzes Leben. Glücklich und nicht weniger sprachlos verfiel Sarah in Freudentränen und John umarmte sie innig. Es war wohl ein berührender Augenblick in Johns und Sarahs Leben. Nun war Sarahs erster Flug mit anderen Gedanken gefüllt. Diese Gedanken lauteten: John, John, John und John. Diesen Antrag hatten natürlich die anderen BesucherInnen des Fliegers auch miterlebt und die kamen dann nach und nach, um dem Paar zu gratulieren. Sie stellten viele Fragen wie: „Wann wird die Hochzeit denn sein?" Es waren sicher über 20 Leute, die gratulierten. So hatte sich Sarah ihren ersten Flug echt nicht vorgestellt. John hatte noch eine Überraschung, aber damit wollte er noch ein bisschen warten, denn er wusste schon wann die Hochzeit stattfinden würde. Sarah war mit ihren Gedanken so beschäftigt, dass sie gar nicht sehen konnte, dass sie über Frankreich flogen. Sie verpasste Paris oder den Fluss Lori, welchen sie unbedingt sehen wollte, doch, das war ihr in diesem Moment ziemlich egal. Eines sah sie aber doch und zwar ihren Lieblingsberg, den sie während des Geographieunterrichts entdeckte: „Mt. Dore." Der Berg Mt. Dore war 1888 Meter hoch, aber Sarah war etwas enttäuscht, denn aus der Luft sah der Berg gar nicht so hoch aus. Als es dann wieder auf das Meer hinausging, fand John, dass es Zeit war Sarah in seine Hochzeitspläne einzuweihen. John wollte die Hochzeit daheim in London feiern. John war sich nicht so sicher, ob Sarah dies auch wollte und so fragte er sie einfach. Erstmals war Sarah leise, denn sie musste nachdenken. Nach nicht einmal 30 Sekunden war sie sich sicher, dass sie ihre Hochzeit auch daheim in London feiern wollte. Am vierten Urlaubstag gingen sie am Abend wieder einmal an den Strand und dort entdeckten sie ein gemeinsames Hobby. Sie sangen für ihr Leben gern. Halb Spaß, halb ernsthaft wollten sie eine Band gründen, das aber nie in die Wirklichkeit umgesetzt wurde. Sarah fühlte sich endlos glücklich und sie wusste nicht, was noch an dieser Beziehung schiefgehen könnte. An diesem Abend beichteten sie sich gegenseitig, dass sie sich liebten. Am letzten Ferientag war die Stimmung im Eimer, denn nach so schönen Ferien fliegt man halt ungerne nach Hause. Im Flieger konnte Sarah das Fliegen erst wirklich realisieren. Es war ein schöner Flug. Nach einer Zeit kam Sarah ein Geistesblitz und sie wollte ein Fotoalbum mit Fotos von sich und John erstellen. John fand das voll cool und so machten sie gleich ein paar Fotos. Leider konnten sie dieses angefangene Fotobuch nie zu Ende bringen, denn… Auf jeden Fall ging der Flug ohne irgendwelche erwähnenswerten Vorkommnisse vorüber. Am Flughafen checkten sie aus und wurden herzlichst von ein paar Verwandten begrüßt. Ein paar Tage darauf legten sie alles Geld, das sie hatten für die Hochzeit zusammen und der Entschluss war, dass sich eine große Hochzeit nicht ausgehen würde. Dadurch beschlossen sie eine Hochzeit nur im engsten Verwandtenkreis zu feiern.

Die Hochzeit

Es war so weit. Sarah wurde wie jeden Morgen von ihrem krächzenden Wecker geweckt und sie blickte verliebt auf ihren Verlobungsring. Sie setzte sich auf einen Sessel und ließ sich die Haare von ihrer Mutter, die sich schon seit den letzten Tagen um sie gekümmert hatte, kämmen. Ihre Mutter war ganz stolz auf sie. Sarah zog ihr prächtiges Kleid an. Es war weiß und mit Perlen bestickt. Dazu hatte sie einen Schleier auch in Weiß und ihre Mutter redete ihr immer wieder ein, dass sie bezaubernd aussehe. John war allein, denn seine Eltern kümmerten sich nicht um ihn. Sie waren wütend auf ihn, denn seine Eltern hatten etwas gegen Sarah. Sie fanden, dass sie nicht die Richtige sei. Sie wollten John einreden, dass er sie nach einem Jahr nicht mehr lieben würde. Alle standen vor der etwas kleineren Kirche. John wartete gespannt auf seine zukünftige

Frau und als er sich umsah, bemerkte er, wie Sherry durch die Tür spaziert kam. Vor ihr ging Henry ihr gemeinsamer Junge. Nach Sherry kam ein großer Mann, der sehr aufgeregt aussah. Er war ca. 190cm groß und John hörte ihn flüsternd sagen: „Hey Sherry wo setzen wir uns hin?" „Süßer dort vorne.", flüsterte Sherry. John dachte sich nichts dabei und wartete beruhigt weiter. Alle Kirchenbesucher blickten erwartungsvoll zum Eingang der Kirche, doch Sarah kam nicht und das Kirchentor rührte sich keinen Millimeter. Nach fünf Minuten kam in John ein komisches Gefühl auf und er dachte zurück an Sherry und ihren riesigen Freund. Doch er war überglücklich und wollte nichts Böses vermuten. Bald darauf wurde es ihm zu blöd und als er gerade zum Kirchentor gehen wollte um nachzusehen ob mit Sarah irgendetwas geschehen sei, kam Sahras Vater Mr. Stones beim Kirchentor hineingeschossen. Seine Augen waren nass und er schluchzte leise: „Sarah liegt draußen. Blut quillt aus ihr." Das war ein Schock. Die Stimmung sank. In der Kirche wurde es laut und die Gäste murmelten durcheinander. John sah zu Sherry, aber sie saß gemütlich und ruhig an ihrem Platz und so blickte er von ihr wieder ab.

Er schrie quer durch den Saal. John fragte noch einmal nach, ob er richtig gehört hatte, aber David Stones meinte es ernst. Kurz war es still, man hörte nur Henry leise fragen: „Was ist passiert?" John wollte ihm nicht die Wahrheit sagen, denn einen Mord konnte er noch nicht verstehen, aber Sherry klärte ihn auf und er meinte gleichgültig: „Aha!" Manche Gäste mussten sich ein Lachen verkneifen, aber nicht alle fanden das so lustig und so wurde Henry eine schöne Lektion erteilt. John stürmte nach draußen und die Tür knallte hinter ihm zu. Er war traurig und sein Kopf spielte verrückt. Er machte sich Vorwürfe und er erstarrte. Nur seine Beine bewegten sich. Er wollte zu Sarah. John wollte sich einreden, dass es nur ein Missverständnis sei, aber als er um die Ecke eines Zaunes lief sah er sie vor ihm liegen. Sarah quoll das Blut aus ihrem Herzen und sie bewegte sich nicht. Er sank vor ihr nieder und kleine Tränen rannen aus seinen oval förmigen Augen. Er hatte sie nur halb geöffnet, aber sie glänzten doch im Sonnenschein, der noch hochstehenden Sonne. In diesem Trauern blieb er eine Weile, bis die anderen Verwandten nachkamen. Sie konnten John auch nicht helfen. Einer der Gäste hatte soweit gedacht die Rettung zu rufen und die kam jetzt, doch John bemerkte das alles nicht, denn vor seinen Augen war alles verschwommen und seine Gedanken waren nicht zu sortieren. Sarah wurde auf einer Trage in den Krankenwagen befördert und ins Krankenhaus eingeliefert. Erst nach fast zwanzig Minuten konnte John wieder mitdenken und er wollte sofort in das LKH London. Er war so niedergeschlagen. Im Krankenhaus kam sofort ein Arzt auf John's Mutter zu und fragte:

„Sind Sie Mr. Ross?" Seine Mutter, die außerdem auch dabei war, antwortete für ihn: „Ja." Der Arzt sah sie mit ernstem Blick an und meinte: „Es tut mir leid. Sarah ist tot." John setzte sich erstmal und er hatte einen Kloß im Hals. Er schluckte und schluckte, doch er konnte nichts sagen. Es war schrecklich und John verfiel ein zweites Mal in ein gedankenvolles und auch loses Dasein.

Sarahs Mutter ging es nicht anders. Sie konnte es einfach nicht fassen, dass sie ihre einzige Tochter verloren hatte. Gleichzeitig hatte sie auch Stress wegen der Arbeit und dem Begräbnis. Es war wohl der schwierigste Tag der beiden. Mr. Stones verkraftete das besser. Er hielt seine Frau die ganze Zeit in seinen Armen und redete ihr gut zu. Keiner hatte mehr Lust zu feiern. Die Nacht war von Albträumen geprägt und am nächsten Tag begannen sofort die Ermittlungen. Es war klar ein Mord und John fragte sich wer so etwas machen würde. Ihm fiel niemand ein der Sarah umbringen würde und als die Polizei ihn befragen wollte, konnte er nicht viel sagen. Erstmal wartete John daheim und er musste viel verkraften. Man kann nicht sagen, dass diese Zeit trocken ablief. Zuerst war Eis essen noch genug, aber nach einer Zeit war das auch zu schwach, um ihn zu beruhigen, also musste Alkohol herhalten. Zuerst war es nur ein Glas, doch das sollte sich noch ändern… Es dauerte lange bis er wieder nüchtern wurde und da brach schon der Abend herein. John schlenderte nicht ganz sicher auf den Beinen durch die Stadt. Er lief über Straßen. John sah ein Auto auf ihn zukommen. Er wollte sterben und so blieb er stehen. Das Auto bremste, der Autofahrer schrie, John schrie. Es war ein Kreischen, das nicht zu beschreiben war. Auf einmal war es still, das Auto stand und John lag darunter. Er war verletzt und alles vor seinen Augen war verschwommen. John hörte nur noch ein paar Stimmen schreien und ein Blaulicht aufblinken. Er war bewusstlos. Auf der Straße tat sich Einiges. Die Straße wurde gesperrt und viele Auto-fahrer stiegen aus und wollten sich erkundi-gen. Gerade kam ein altes Ehepaar und der etwas Ältere fragte genervt und ungeduldig: „Was ist da los, wir wollen weiter." Ihnen wurde nicht geantwortet. Sie wurden nicht einmal beachtet. Alle Aufmerksamkeit galt nur dem Unfall und der Polizei. John's Eltern wurden sofort verständigt und sie machten sich große Sorgen um ihren Sohn.

Die Folgen

„Er macht die Augen auf!", jubelte Johns Mutter, „Er ist nicht tot!" John konnte nichts sagen, er atmete schwer und sein Kopf tat auch weh. Er sah nur seine Eltern, die ihn erleichtert und hoffnungsvoll mit weit geöffneten Augen anblickten. Seine Mutter war nicht geschminkt und sie trug ein nicht gebügeltes viel zu kurzes und nicht sehr stilvolles Kleid. John wusste sofort, dass sie nicht viel Zeit hatte sich herzurichten und so fiel ihm nach und nach stückweise immer mehr ein. Er hatte so einen Schock, dass er die Schmerzen erstmal nicht fühlte, was sich später ändern sollte. Er wurde mit Fragen und Vorwürfen überhäuft. Es dauerte eine Weile, bis er etwas sagen konnte. Endlich kam der Arzt und er meinte ernst zu John: „Sie hatten eine Gehirnblutung. Sie hatten großes Glück, dass sie das überlebt haben." Als John das hörte begann er leise zu weinen, denn erst jetzt hatte er völlig registriert, was geschehen war. Der Arzt meinte, dass John noch 14 Tage im Krankenhaus bleiben müsse um körperlich wieder fit zu werden.

Dann meinte er schluchzend und lächelnd: „Alkohol löst auch keine Probleme." Inzwischen war die Polizei schon mitten in ihren Ermittlungen, doch sie hatten noch nichts gefunden. John wollte selbst ermitteln, aber während er im Krankenhaus lag, konnte er nichts unternehmen und so musste er sich erst einmal mit der Situation zufrieden geben. Einige Tage später konnte John schon wieder flüssig reden und er war so glücklich, dass er sogar wieder gehen konnte. Das Gehen fühlte sich ganz neu an und er musste es kurz noch einmal neu lernen. Er war ein schneller Gehschüler und nach einem Tag konnte er sich wieder bewegen. Es lief alles gut, aber Rückschläge waren trotzdem nicht zu vermeiden, denn er stolperte öfter und es waren immer wieder Schmerzen im Kopf zu verspüren. Leider musste er länger im Krankenhaus bleiben als erhofft. John war nicht sehr glücklich, als sein Arzt ihm das mitteilte, denn er wollte nach Infos über den Mord von Sarah forschen. Die Polizei hatte immer noch nicht die geringste Spur des Täters gefunden und sie wollten auch nicht sehr viel nachforschen. John war sehr wütend darüber und er musste sich sehr in Geduld üben. Jeden Tag in der Früh blickte John auf ein Bild, das über seinem Nachtkasten hing. Auf dem Bild waren Sarah und er abgebildet. Jedes Mal, wenn er das Bild betrachtete, wurde er traurig. Ebenso jeden Tag sah er auf seine Uhr, um zu wissen, wann er nachhause dürfe. Es war am 12. Tag im Krankenhaus, als er gerade das Bild von Sarah und ihm betrachtete und tief in Gedanken vertieft in sich selbst versank. Ihm fiel Henry, sein Sohn, ein. Er hatte ihn seit dem Hochzeitstag nicht mehr gesehen. Wo er wohl sei? Wahrscheinlich war er bei Sherry. Halt,

Sherry. Sie könnte doch aus Eifersucht Sarah ermordet haben, dachte John. Doch diesen Gedanken vergaß er bald wieder, denn sie würde so etwas doch nie machen. Trotzdem rief John Sherry an und sie verkündete sofort ihr tiefstes Beileid. Henry war tatsächlich bei ihr und er wollte John, seinen Vater, unbedingt sehen. Sherry und John machten aus, dass Henry am nächsten Tag bei John sein sollte. Sherry klang am Telefon so nett und John's Misstrauen verringerte sich spürbar. Am nächsten Morgen wachte John früh auf, denn die Ärzte kamen mit einem PC in das etwas kleine Zimmer. Sie zeigten John den Blutdruck und die anderen Daten, die sie von seinem Körper herausgefunden hatten. Daraus leiteten sie ab, dass John's Gehirn bald wieder geheilt war. Er konnte schon nach diesem Tag wieder nachhause. Nach der Information kam Sherry mit Henry in das Zimmer. John fiel Sherry in die Arme. Henry blieb schweigend im Hintergrund stehen, er wusste nicht weiter. John erzählte

Sherry seine ganzen Sorgen, doch Sherry gab dazu keine Kommentare ab. „Du bist größer geworden Henry.", meinte John, Henry nickte. Es wurde Mittag, Sherry wurde von einem Polizisten rausgebeten. John hatte den Verdacht, dass die Polizei schon mehr herausgefunden hatte, doch die hatten keine neue Spur. John nickte und bedankte sich für die Mühe, doch viel fröhlicher wurde er nicht. Kummer, Angst und Leid brach in John auf. Es war alles so schön, die geplante Hochzeit und die Hochzeitreise, doch das alles hatte nie stattgefunden. Die Polizei ging aus seinem Zimmer, da die Ärzte John's Therapie durchführen mussten. Mit etwas Glück durfte er morgen vielleicht nach Hause, doch das alles würde sich gleich herausstellen. Die Ärzte fingen an ihm alles zu erklären, seine Blutwerte wären gut, doch er sollte nächste Woche zu einer Untersuchung wiederkommen. Am Abend wurde John von seiner Mutter abgeholt, sie war sehr besorgt, sprach aber kein Wort mit

John. Im Auto wollte John ihr alles erklären, doch sie schwieg. „Was habe ich nur falsch gemacht…?", fragte sich John und heulte vor Trauer. Seine Mutter hielt an und streichelte sanft seinen Kopf. Sie meinte: „Du hast gar nichts falsch gemacht, aber vielleicht solltest du ein bisschen mehr aufpassen. Ich hatte Angst um dich. Bitte tu mir das nicht noch einmal an." John meinte nachdenklich: „Ich verspreche dir nie wieder so viel zu trinken." Es war ein rührender Moment voll Verzeihung und Trauer. Endlich waren sie daheim angekommen. Erleichtert ließ John sich in sein Bett fallen und nach wenigen Minuten schlief er kraftlos ein.

Das Begräbnis

Sarahs Mutter konnte nicht schlafen, denn heute wäre Sarahs 21. Geburtstag gewesen. Sie wollten einundzwanzig Schokoriegel mit einundzwanzig heißen Jungs teilen, doch daraus wurde wohl nichts. Sie hatten das schon an ihrem zehnten Geburtstag ausgemacht. Als sie in Gedanken vertieft in ihrem Bett lag, fiel ihr ein, dass sie Schokoriegel an ihr Grab legen könnte. Sie blickte in ihren Korb der neben ihrem Bett lag, leer nur leer. Sie sprang aus ihrem Bett, die Treppen hinunter, bei der Tür hinaus und in den nächsten Supermarkt hinein. Die letzte Verkäuferin wollte gerade zusperren, aber Sarahs Mutter rief laut und überzeugend. Sie schrie: „Ich brauche Schokoriegel. Es ist ein Notfall." Die Verkäuferin sah sie ganz verblüfft an, schlussendlich fragte sie: „Was brauchen Sie nochmal?" „Schokoriegel!", meinte Sahras Mutter entschlossen.

Langsam öffnete die Verkäuferin das Geschäft, Sarahs Mutter konnte nicht warten. Sie stürmte hinein, durchsuchte jedes Regal, aber sie fand nichts. Keinen einzigen Schokoriegel, doch im letzten Eck ragte ein gelber Schokoriegel hervor. Sie riss sie förmlich aus dem Regal und begann sofort zu zählen: „Eins, zwei, drei, vier… und zwanzig!" Einer fehlte. Verzweifelt rannte sie zur Kasse und bettelte um noch einen Schokoriegel." Die Verkäuferin meinte traurig: „Es tut mir leid, aber es gibt nur mehr die zwanzig Schokoriegel." Sarahs Mama wollte sich schon abwenden, doch dann fiel der Verkäuferin ein, dass sie noch einen in ihrer Tasche hatte. Sie zog den einundzwanzigsten gelben Schokoriegel heraus. Sie gab ihr den Riegel und sagte: „Bitte nimm ihn. Es geht auf meine Rechnung." Dankbar nahm Sarahs Mutter den Schokoriegel entgegen. Sie verabschiedete sich und lief schnell nachhause, um ihren Korb zu füllen. Mit gutem Gewissen schlief sie ein.

„Kickeriki!", Sahras Mutter sprang aus ihrem Bett. „Schon viertel nach sieben.", dachte sie. Sie zog sich schnell ihr schwarzes Gewand an und schon ging es los. Auf die traurigste Beerdigung ihres Lebens. Ja das war wohl wahr, denn etwas Schlimmeres als der Tod deines Kindes in noch so jungen Jahren, wahrscheinlich durch einen Mord, konnte nicht passieren. Ohne ihren Mann hätte sie diese Zeit vielleicht gar nicht überstanden. Gerade als sie in einem Taxi zur Beerdigung fuhren, hielt Steven sie in seinen Armen und er raunte ihr leise zu. „Gemeinsam werden wir auch diese schwierige Zeit überstehen."

Langsam stieg John aus dem Auto aus. Er bezahlte den Taxifahrer und ging in die Kirche. John blickte hinein und seine Augen erfassten erst seine Eltern, dann die Eltern von Sarah, den Priester und....

Auf einmal wurde er traurig. John sah den Sarg seine Augen zuckten und sie wurden feucht. Schon strömten Tränen über sein ganzes Gesicht. Er dachte an all die schönen Zeiten zurück. An ihr erstes Treffen, an den Flug nach Mallorca und den ganzen Urlaub, bis er mit seinen Gedanken wieder hier landete in der Kirche wo seine Frau begraben wurde. Er hatte sie wirklich geliebt. Langsam setzte er sich in die vorderste Reihe neben seine Eltern, die ihn aufmuntern wollten. Sie brachten es nicht fertig. Dann wollten sie vom Thema ablenken. Sie brachten es nicht fertig. John wollte nicht reden. Er freute sich als endlich der Priester begann: „Im Namen des Vaters, des Sohnes und des Heiligen Geistes. Amen! Wir haben uns hier versammelt, um Sarah Stones die letzte Ehre zu erweisen. Sie war ein fröhliches, junges Mädchen, das jeder liebte." Ein tiefes Schweigen zog sich durch die ganze Kirche. John konnte der Rede, die der Priester vorbereitet hatte, nicht folgen denn er war noch immer überwältigt. Viele Verwandte waren gekommen und gefühlt jeder wollte etwas sagen. Schlussendlich stand John doch auf und er stotterte leise. „Sarah hatte mir alles bedeutet. Sie war das Licht in meinem Leben, aber jetzt ist sie tot. Sarah, ruhe in Frieden." Danach setzte sich John wieder auf seine Bank. Jetzt wurde der Sarg bei einer Trauermusik nach draußen zum Friedhof getragen und die ganze Menschenmenge hinterher. John wurde von seiner Mutter gestützt. Der Friedhof lag in einer Ecke eines Waldes direkt neben der Kirche. Gerade schob sich eine große Wolke über den Friedhof und bedeckte somit die verschnörkelte Mauer mit einem großen Schatten. Es wurde immer kühler und ein leichter Wind kam auf. Bald begann es zu tröpfeln und schon goss es in Strömen. Einige hatten Regenschirme, doch John hatte keinen. Er zog sich seinen Regenmantel über und blickte traurig in den Himmel, er raunte viel mehr zu sich als zu jemanden anderen: „Jetzt ist sie da oben und blickt auf mich nieder und kann nicht mehr mit mir leben." Nun blickte er wieder auf den Boden und meinte schniefend zu seinen Eltern:

„Ich habe alles verloren. Euch, meine Oma und jetzt auch noch meine zukünftige Frau." „Du hast Oma nicht verloren und auch nicht Sarah sie sind beide da oben und sehen, wie du hier traurig bist. Oma hätte sich gewünscht, dass du glücklich bist." John antwortete: „Aber wie können sie mir jetzt helfen?" „Ich weiß nicht wie, aber ich weiß, dass sie dir helfen." „Danke.", meinte John und drehte sich dankbar ab. John wollte gerade gehen, als seine Mutter meinte: „Du hast uns nicht verloren wir sind immer für dich da, wenn du etwas brauchst." John erwiderte ihren Blick und meinte: „Du bist die beste Mama, die es gibt!" Dann verschwand er hinter dem nächsten Baum.

Wer war es?

John kam nach Hause. Er legte sich in sein Bett und dachte über Sarah nach. Auf einmal kam ihm ein Gedanke, den John nicht mehr aus dem Kopf bekam. Es war Sarah, deren Mord noch immer nicht aufgeklärt war. Schnell griff er nach seinem Handy und fragte die Polizei nach dem neuesten Stand. Der Polizist nuschelte: „Wir haben noch nichts herausgefunden." John legte genervt sein Handy auf seinen Schreibtisch und setzte sich nachdenklich auf sein Bett. Schlussendlich beschloss er selbst nach dem Täter zu suchen. Doch wie? Er hatte keinen Schimmer von der Aufklärung von Fällen. Er dachte an alle seine Bekannten. Seine und Sarahs Eltern schloss er aus, denn wer würde sein eigenes Kind oder die Schwiegertochter umbringen? Sein bester Freund Jack war auch immer für ihn da und somit war Jack auch sicher nicht der Mörder.

Außerdem war Jack immer in der Kirche. John dachte weiter, an seine Cousins und Cousinen und an die von Sarah, aber niemand kam ihm verdächtig vor. John rief noch seine Mutter an, ob sie eine Idee hätte, aber sie hatte auch keine Idee. Sie meinte, dass sie auch schon darüber nachgedacht hatte, aber ihr niemand eingefallen sei.

Sherry saß zuhause und trank mit Tim, ihrem Freund einen Schluck Wein neben dem brennenden Feuer. Sie waren glücklich, doch Sherry verheimlichte etwas vor Tim. Nur was? Das sie unheimlich in ihn verknallt war stand fest, aber was war mit ihr in letzter Zeit los? Sie wollte nicht mehr aus dem Haus und saß öfters nachdenklich vor ihrem Handy. Das bemerkte Tim natürlich. Wenn er Sherry nach dem Grund fragte, bekam er immer nur die Antwort: „Nichts ist los. Mir geht's gut." Auch heute saßen sie schweigend am Feuer. Niemand wollte reden. Endlich kam Henry auf Sherry zu und fragte betrübt: „Mama, können wir mit der Eisenbahn spielen?" Sherry antwortete in beruhigendem Ton: „Nein, Mama mag gerade nicht. Vielleicht spielt Tim mit dir?" bei diesen Worten blickte sie auffordernd zu Tim und er meinte: „Sicher spiele ich mit dir Kumpel." Dabei hielt er ihm seine Faust hin, doch Tim kassierte einen Korb. Henry drehte sich ab und antwortete: „Ich will aber mit Mami spielen." Sherry legte sich zurück und meinte genervt: „Ok ich spiele mit dir." Als sie mit Henry in ihrem Zimmer verschwand, blickte sie noch einmal mitleidig zu Tim und verschwand dann hinter der Tür. Nun dachte Sherry über ihre Geschichte nach. Zuerst war sie mit John befreundet und dann bekamen sie zusammen sogar ein Kind, doch sie heirateten nie, obwohl Sherry immer heiraten wollte. Nach und nach gingen ihre Wege auseinander, aber diese Sarah musste natürlich alles zerstören. Sherry gab nur ihr die Schuld, aber eigentlich wusste sie, dass sie sich sowieso getrennt hätten auch ohne Sarah. Sherry war auch nicht so traurig darüber gewesen als Sarah gestorben war. Sherry war nicht überrascht als John vor der Tür stand. John sah nicht gut aus. Er hatte ein schwarzes Jackett an und trug eine Hose, die ihm um einiges zu lang war. Er trug eine Krawatte und einen alten Mantel. Auf jeden Fall sah er nicht gut aus. Sherry begrüßte ihn mit den Worten: „Du kannst Henry drei Stunden lang mitnehmen, aber dann bringst du ihn wieder zurück. Keine Partys und keinen Sport. Sonst kommt er wieder mit dreckigem Gewand nach Hause." John starrte sie wortlos an, denn in dem Moment kam ihm ein schrecklicher, aber logischer Gedanke. Es war vielleicht Gott oder eine Fügung, die ihm das mitteilen wollte, aber dann rutschen ihm die Worte heraus: „Sherry, bist du die Mörderin?" Sherry antwortete erstaunt und gefasst: „Was? Wie meinst du?" John sagte nur: „Sarah!" Sherry musste kurz nachdenken, doch dann machte es Klick und sie verstand.

Sherry antwortete: „Nein. Was denkst du. Ich würde so etwas nie tun." John blickte sie genau an und meinte: „Sag die Wahrheit." Doch Sherry blieb bei ihrer Meinung. Beruhigt über die klare und nicht zögernde Antwort von Sherry ging John mit Henry in den Stadtpark. Dort vergaß er die Unsicherheit über Sherry wieder und hatte mit seinem Sohn einen riesen Spaß. Henry konnte ihn gut von Sarah ablenken. John war das erste Mal nach dem Tod von Sarah wieder wirklich glücklich, doch dann kam auf einmal eine Frau auf ihn. Diese Frau hatte ein langes hellblaues Kleid an und einen großen orangen Hut, der sich perfekt an ihren langen Kopf saß, gefolgt von wunderschönen blauglänzenden Augen. Die Nase war klein, aber spitz und die Mundwinkel waren hochgestellt. Ihre Lippen waren mit dickem Lippenstift überzogen. Ihre langen braunen und gewellten Haare waren zu einem Zopf geflochten und sie trug Stöckelschuhe. Langsam warf sie ihren scharfen Blick auf

John und es war ein weiches leises und lang-
sames „Hi" zu vernehmen. John starte erstaunt auf diese Gestalt, aber er brach kein
Wort heraus. Nach einer Zeit brach John
endlich Worte heraus, er fragte: „Wer sind
sie?" Die Frau antwortete: „Das ist nicht
wichtig, aber ich habe gehört, dass ihre Frau
gestorben ist und will ihnen helfen die Mörderin zu finden." Sie warf einen unwider-
stehlichen Blick auf John und sein Mund ging
auf und wieder zu. Er brachte einfach kein
Wort heraus. Später als er endlich die Sprache wiederfand, stotterte er: „Wie wollen
sie mir helfen und wie heißen sie?" Die Frau
meinte kurz: „Ich heiße Lisa und will ihnen
helfen. Vielleicht weiß ich wer die Mörderin
ist." John ging ein Licht auf und er hatte endlich verstanden, doch der Name Lisa kam
ihm irgendwie bekannt vor. Er dachte nach,
wo er Lisa schon einmal gehört hatte, aber
er konnte sich einfach nicht erinnern. Er
fragte ganz offen: „Kenne ich sie?" „Nein sie
kennen mich nicht, aber ich glaube, dass ich

ihnen helfen kann, denn ich habe Beweise, dass Mark Stones der Mörder ist.", gab Lisa als Antwort. John dachte nach: „Mark Stones. Das war doch sein Cousin, aber er war doch immer ein kleiner braver Junge gewesen, doch er war nicht auf Sarahs Beerdigung." „Mittlerweile müsste er 19 Jahre alt sein und ihm konnte er so einen Mord schon zutrauen.", dachte John weiter. Endlich sagte er zu Lisa: „Ich werde Mark einen Besuch abstatten." Lisa antwortete: „Heißt das, dass ich ihnen helfen kann?" „Ja.", sagte John erfreut darüber, mit Lisa zusammen arbeiten zu dürfen. John brachte schnell Henry zu Sherry zurück und fuhr dann in seinem Cabrio zu Mark seinem Cousin.

Mark der Cousin

Die Tür öffnete sich und eine 17-jährige Frau stand in der Tür. Sie hatte rote Haare und sie würde sicher mindestens 90 Kilo auf die Waage bringen. Ihre ganze Gestalt sah sehr niedergeschlagen aus. Verwundert darüber, dass nicht Mark die Tür öffnete fragte John: „Wo ist Mark?" Eine krächzende Stimme antwortete: „Mark. Der ist schon längst umgezogen. Vor drei Monaten hat er mir sein Haus verkauft." John dachte nach: „Vielleicht hat er Angst bekommen und ist deswegen abgehauen." Auf jeden Fall musste er an dieser Sache dranbleiben. Das war ihm klar. John fragte weiter: „Wo ist Mark hingezogen?" Die Frau sah ihn verwirrt an und schlug ihm, ohne noch ein Wort zu sagen die Tür vor John Nase zu. Verwirrt über dieses schnelle Handeln schlenderte John langsam nachdenklich davon. Er stieg in sein Auto ein und dachte darüber nach wo

Mark sein könnte. Er sah die einzige Lösung darin Lisa zu fragen, aber wo war sie? Er hatte nicht einmal ihre Nummer und sie hatten auch keinen Treffpunkt ausgemacht. Nun fuhr John in seinem Cabrio zu seinem Onkel, aber er war auch nicht zuhause. Irgendetwas kam ihm verdächtig vor. Aber er redete sich ein, dass alles nur ein Zufall war. Schlussendlich fuhr er zu sich nach Hause und plötzlich stand Lisa vor seiner Tür. Er fragte sie erstaunt: „Was machen Sie den hier? Woher wissen Sie wo mein Haus ist?" „Das ist unwichtig. Aber vielleicht sollte ich ihnen erzählen wo Mark ist. Er ist umgezogen. Hier die neue Adresse." Bei den Worten hielt sie ihm einen Zettel vor sein Gesicht. John war verblüfft. Woher kannte Lisa ihn? Was wusste sie was er nicht wusste? War sie eine Polizistin oder eine Detektivin? Das alles fragte er sich als er sie fragte: Wollen sie mit hineinkommen?" „Nein. Ich habe noch zu tun.", meinte sie kurz. Dann stieg Lisa in ihr Auto und fuhr davon. Erstaunt und auch wütend über dieses schnelle Verschwinden ging John in sein Haus und rief erstmal die Polizei an. Er fragte ob sie schon etwas wüssten und als die Antwort nein war erzählte er, dass Lisa meinte Mark sein Cousin wäre der Mörder. Der Polizist war nicht sehr höflich und er tat so, als ob er ihn nicht gehört hätte. Wütend legte John auf und betrachtete die Karte von Lisa genauer. Der Ort war einige Kilometer von London entfernt und deswegen fuhr John gleich los, damit er bevor die Sonne unterging, noch bei seinem Cousin Mark ankam.

Sherry hatte Tim noch immer nicht von ihrem Problem erzählt und so saßen sie wieder wortlos nebeneinander. Sherry las ein Buch und Tim die Zeitung. Sie hatten sich erst vor so kurzer Zeit kennengelernt und schon lief es zwischen ihnen nicht gut. Tim dachte die ganze Zeit über Sherrys Problem nach, aber er wusste einfach nicht, wovon es handeln könnte. Henry war sowieso die ganze Zeit nicht zu bändigen. John hatte wegen dem Fall keine Zeit für Henry und Sherry nahm sich die Zeit nicht. Sie bat immer Tim mit Henry zu spielen, aber Henry mochte Tim nicht und so hatte er niemanden. Tim gab sich Mühe seine Beziehung aufrecht zu halten und er hasste John.

Inzwischen war John bei Mark angekommen und läutete. Ein 19-jähriger Bursche öffnete die Tür und warf einen erstaunten Blick auf John. John erwiderte diesen Blick und Mark bat John hinein. John leistete dieser Aufforderung folge und setzte sich auf einen kleinen Stuhl, der direkt neben der Küche stand. Mark begann das Gespräch mit den Worten: „Schön dich zu sehen. Was machst du hier, John? Warum bist du da?" Ich bin auf der Suche nach einem Mörder. Wie du wahrscheinlich weißt, wurde meine Frau ermordet und jetzt will ich den Mörder finden", erwiderte John mit einem leicht traurigen, aber auch wütenden Ton. Mark antwortete verwundert: „Es tut mir leid für dich, aber wie kann ich dir helfen?" John wurde verunsichert. John fragte sich: „Ob Mark überhaupt nichts mit der Sache zu tun hatte?" Trotzdem fragte John energisch weiter: „Du warst doch auf meiner Hochzeit?" Mark nickte und warf einen fragenden Blick auf ihn. Endlich erzählte John ihm die ganze Geschichte mit Lisa und ihrer Vermutung. Mark blickte John nur komisch an. Er tat so als ob er nichts verstehen würde und als John geendet hatte meinte Mark: „Diese Lisa hat dich betrogen. Ich habe überhaupt nichts mit dem Mord zu tun." John war sich nicht sicher, ob er Mark glauben sollte, denn, wenn er der Mörder war musste er lügen, aber wenn nicht, dann stand John ziemlich blöd da. John sann nach und nach, aber er konnte keinen Entschluss fassen. Wiederum könnte diese Lisa gelogen haben. Seine Gedanken schwirrten in seinem Kopf herum. Auf und ab hin und her. Auf einmal fragte Mark: „Willst du einmal was trinken, dann denkt man besser.", lachte Mark. John musste grinsen und trank mit Mark einen Kaffee. Sie verbrachten den Abend miteinander und John übernachtete bei ihm. Am Morgen konnte er nicht weiter an seinem Fall arbeiten. Er musste auch wieder einmal auf die Uni und heute musste er dringend an einer Vorlesung teilnehmen. Er schaute auf die Uhr sah, dass er schon spät dran war. Er verabschiedete sich schnell und schon war er mit hundert km/h auf der Straße. Sein Cabrio glänzte in der hochstehenden Sonne und er bretterte über die Straßen. Er lief in die Uni und erreichte gerade noch seine Vorlesung. Danach fuhr er nachdenklich nach Hause. Dort stand wieder Lisa vor der Tür. Sie meinte aufdringlich: „Sie müssen mitkommen. Ich habe Ihnen etwas zu zeigen." John stieg in Lisas Auto ein. Sie raste los und John wollte sich schon über die hohe Geschwindigkeit beschweren, als Lisa auf einmal stehen blieb. John fragte sich erst wo sie sein würden, aber dann sah er den

Flughafen vor sich liegen. Er fragte nervös. „Was ist los? Fliegen wir irgendwo hin? Wenn ja warum? Und warum sind Sie so schnell gefahren?" John hatte noch mehr Fragen, aber er hatte gerade keine Zeit sie zu stellen. Lisa stieg aus und meinte überlegt und unsicher: „Sie haben die Wahrheit verdient." „Und die wäre?", fragte John hastig und aufgeregt. Lisa überlegte und meinte schließlich: „Sie haben die Wahrheit verdient, aber ich darf Sie ihnen nicht erzählen.", antwortete Lisa. John dachte nicht er fühlte. Er war frustriert und fragte nach. „Aber ich muss es wissen. Es geht um meine Frau." Diese Worte hallten in Lisas Kopf nach und John tat ihr so leid, sie war schon bereit ihm die Wahrheit über sich zu sagen, aber im letzten Moment verkniff sie sich die Worte." Sie steckte in einer schwierigen Phase und nur ihre Freundin konnte ihr helfen. Lisas Freundin wollte ihr nur helfen, wenn sie ihr gehorchte und deswegen tat sie das. Obwohl ihr Inneres sich mächtig dagegen sträubte schwieg sie. John hatte schön langsam eingesehen, dass er aus Lisa nichts mehr herausbekam und er erzählte ihr alles über seine Begegnung mit Mark. Sie schwieg und John sah ihr an, dass sie mit sich selbst kämpfte. Er fragte: „Was ist los?" Lisa antwortete wie aus einem Traum gerissen: „Was?" John wiederholte seine Frage und Lisa meinte nur kurz: „Nichts! Ich bin nur müde." Nun führte Lisa John am Flughafen herum. Erst in ein großes Gebäude. Check-in Platz und dann durch einen langen Gang auf einen riesigen Asphaltplatz, wo einige Flugzeuge standen. Lisa führte John zu einem Privatjet und meinte: „Steigen Sie ein. Vertrauen Sie mir." John sagte gar nichts mehr und stieg ein. Er tat nur, das, was Lisa ihm vorschrieb. John war sich unsicher, ob er Angst haben sollte oder ob er seinem Ziel, den Mörder seiner Frau zu finden, nah war. Lisa flüsterte dem Piloten, der im Cockpit saß, etwas zu und gab ihm dann fünf grüne Hunderterscheine. Als sich Lisa zurück zu John auf eine Bank im hinteren Teil des Flugzeugs setzte fragte er: „Wo fliegen wir hin?" „Nach Mallorca", war die Antwort. Auf die Frage warum, bekam John keine Antwort und weiter wollte er nicht fragen. Sie flogen den gleichen Weg, wie damals John und Sarah und in John kamen wunderschöne Erinnerungen hoch, die aber gleich zu Trauer überflossen, da John über Sarahs Tod nachdenken musste. Er war so in Gedanken versunken, dass er die drei Stunden, die er flog geistig verpasste. Endlich landeten sie und Lisa meinte: „Wir sind da. Jetzt wirst du die Wahrheit erfahren." Erfreut darüber stieg John schnell aus und folgte Lisa in einen großen Saal. Er war von Menschen überfüllt und es war schwer sich dort durchzuwühlen. Endlich waren sie am Ausgang. Doch es sollte noch dauern, bis er Lisas Geheimnis erfahren sollte, denn sie stiegen in einen Bus, der ins Inland fuhr. Nach einer eineinhalbstündigen Fahrt, in der John kein einziges Wort sprach, kamen sie auf eine

Haltestelle. Sie lag neben einem kleinen abgelegenen Dorf. Sie spazierten durch das Dorf bis sie endlich auf einer großen menschenleeren Wiese anhielten. Lisa meinte: „Jetzt darf ich dir die Wahrheit erzählen, aber es ist eine sehr lange Geschichte." John warf einen fragenden Blick auf Lisa und sie fuhr fort: „Mein wirklicher Name ist Katharina." John ging sofort ein Licht auf. Katharina hieß Sherrys Freundin. Sollte Sherry doch etwas mit dem Mord zu tun haben? Katharina sprach weiter: „Vor drei Wochen kam Sherry auf mich zu und versprach mir einen großen Haufen Geld, wenn ich das machen würde was sie von mir verlangte. Ich ging sorglos darauf ein, weil ich Geld dringend nötig hatte. Man muss erwähnen, dass ich auf die UNI in Manchester gehe und meine Eltern mir kein Geld geben können, da sie auch arm sind. Auf jeden Fall bin ich darauf eingegangen und sie erzählte mir, dass sie von ihrem Vater viel Geld geerbt hätte. Sie meinte, wenn ich dir sage, dass

Mark der Mörder ist und dich dann hier herbegleite, dann bekomme ich dreitausend Euro. Ich verstand den Grund zwar nicht, aber ich brauchte das Geld und ich machte das, was sie wollte." John wurde, als er das hörte, immer sicherer und langsam schien er zu verstehen. Er dachte laut: „Sherry hat wahrscheinlich Sarah aus Eifersucht ermordet und dann Sie beauftragt mich auf die falsche Spur zu führen. Am Ende wollte sie mich einfach weit weg haben und so sollten Sie mit mir hierherfliegen." Katharina schien das auch logisch und sie meinte sicher ärgerlich darüber, dass sie es nicht früher verstanden hatte: „Damit kommt sie nicht durch. Ich werde dafür sorgen, dass sie hinter Gitter kommt." Wortlos liefen sie schnell wieder zur Bushalltestelle und die ganze Fahrt begann von neuem. Erst mit dem Bus, dann mit dem Flugzeug und in London angekommen fuhren sie mit dem Auto weiter. Endlich waren sie vor Sherrys Tür. John läutete schnell und Katharina stand schon neben

ihm als die Tür aufging. Er wollte schon los-
schreien, aber dann sah er nur Henry seinen
Sohn. Sherry war weg. Er konnte alles durchsuchen, doch sie war nicht zu finden. Tim
war mit ihr verschwunden und John wurde
wütend, doch er musste sich beherrschen,
da Henry noch keine Kraftausdrücke hören
sollte. John schwieg und machte sich selbst
Vorwürfe. Er dachte: „Ich hätte wissen müssen, dass Sherry dahintersteckt." Auf einmal
kam ihm ein Gedanke. Vielleicht wusste
Henry etwas über Sherry und Tim. Er war
schließlich die ganze Zeit im Haus gewesen,
aber als John ihn nach seiner Mutter fragte
meinte Henry kurz: „Mama sagte, dass du
kommst und dann bin ich in mein Zimmer
gegangen." John wandte sich von Henry ab
und warf einen scharfen Blick auf Katharina.
Sie verstand ihn und sagte leicht ärgerlich
leicht frustriert: „Ich habe keinen Plan, wo
Sherry ist, aber sie kommt sicher nicht mehr
in das Haus zurück. Das weiß ich." John
dachte nach. Sollte er die Polizei mit dem

bekannt machen, was er wusste? Nein. Sie würden sicher Katharina festnehmen und sie wollte ihm doch helfen. Also musste er allein nach Sherry suchen dachte er...

Später ging er mit Henry zu sich nach Hause.

Auf der Suche

John saß in seinem Bett und dachte nach. Wo würde er sich verstecken? Wohin würde er fliehen? Was hat Sherry gemacht? Wo steckte sie? Er konnte einfach nicht denken. Keine einzige Frage konnte er beantworten. Sein Kopf war so leer wie ein Kürbis zu Halloween. Zum Zeitvertreib spielte er ein Computerspiel. Es hieß „The Winner". Er dachte nach, aber er fühlte sich gerade ganz anders. Er fühlte sich eher als „The loser". Auf einmal hörte er ein Auto hupen. John sprang auf und rannte zum Fenster. Er sah einen Mercedes und fragte sich wem der gehörte? Schnell lief er zur Tür hinaus und da sah er Katharina im Auto sitzen. Erstaunt über ihr Erscheinen, und noch dazu in so einem Auto, ging er zu dem Fenster, welches sie heruntergefahren hatte und fragte: „Was machen Sie hier?" Katherina antwortete gechillt: „Sagen wir du zueinander das ist

einfacher?" John war natürlich sofort einverstanden, aber er fragte weiter: „Und was
machst du dann hier?" „Ach ich wollte nur
einmal vorbeischauen.", meinte sie wankend. Sie klang sehr betrunken und John
fragte: „Bist du betrunken?" Katharina antwortete immer mehr wankend: „Nee!" John
war klar, dass sie betrunken war und so bat
er sie in sein Haus. Katharina stimmte nun
völlig beschwipst zu und sie wankte langsam
zum Haus. Dann rannte sie schnell zum Klo
und kotzte. John war verwirrt. Er hatte keine
Ahnung was mit Catharina in der letzten
Nacht passiert war. Er ging inzwischen lieber
in die Küche und ließ Katharina ihre Zeit.
Nachdem sie nichts mehr zum Kotzen hatte
und ihr Magen völlig leer war, legte sie sich
auf Johns Sofa und schlief wie ein Stein ein.
John hatte ihr einen Tee gemacht und als er
zu ihr zum Sofa kam und sie schlafen sah
wurde er verzaubert. Er lächelte und er verspürte das erste Mal nach Sarahs Tod eine
Freude. Er saß auf einem Stuhl neben dem

Sofa und starrte sie an. Sofort musste er an Sarah denken, aber dieses Mal wurde er nicht traurig. Er war glücklich und gut gelaunt.

Sherry war so schnell wie möglich abgehauen. Sie wusste nicht wohin, aber sie wollte einfach weit weg. Sie wusste, wenn John sie finden würde, dann würde sie sicher lebenslänglich in Haft sein. Tim war ihr eigentlich ziemlich egal. Sie mochte ihn nicht wirklich. Für sie war er eher ein kleiner Junge, der nicht checkte, dass er nur ausgenutzt wurde. Sie war sehr frustriert und unsicher seit dem Mord an Sarah, aber sie wollte ihre Gefühle immer verdrängen. Mit der Zeit fiel es ihr immer schwerer ihre Gefühle auszublenden, aber sie lenkte sich so gut wie es ging ab. Tim wusste nicht, dass Sherry eine Mörderin war, aber er liebte Sherry und stand immer zu dem, was sie sagte. Ihm war immer noch ein Rätsel, warum Sherry weg von daheim wollte. Sie waren gerade in einem Apartment in einer Vorstadt von London, aber sie wollte am nächsten Tag weiter weg. Ihr größter Traum war Dubai, aber zurzeit besaßen sie zu wenig Geld. Sie hatte zwar viel geerbt, aber davon war auch nicht mehr viel übrig. Sie hatte noch nie einen richtigen Job und das sollte auch so bleiben meinte sie. Tim war ein Computerexperte, aber er machet bei seinem Job auch nur so viel Geld, dass er gerade über die Runden kam. Sie saßen vor einem Kamin und Tim war sich nicht sicher, ob er Sherry nach dem Grund ihres schnellen Verschwindens von zu Hause fragen sollte. Schließlich traute er sich, aber Sherry log: „Ich wollte nur in den Urlaub und einmal weg von zu Hause. Morgen können wir weiter. Wir fahren mit dem Zug weiter nach Norden." Obwohl Tim wusste, dass sie log fragte er nicht weiter. Er hatte einfach etwas Angst sie zu kränken oder ihr Vorwürfe zu machen. Ohne noch ein Wort mit Tim zu reden legte sich Sherry in ihr Bett und sie wollte einschlafen, doch jetzt kamen die unguten Gedanken über Sarah und über das, was passieren würde, wenn sie gefasste wird und all ihr anderen Probleme. Sie fühlte sich schlecht und immer schlechter. Plötzlich sprang sie auf und lief zu ihrem Kühlschrank und riss ihn auf. Tim fuhr zusammen. Er hatte sich mächtig erschreckt und fragte: „Ist was Sherry? Du kannst mir alles erzählen." Sherry überhörte diese Worte und suchte den ganzen Kühlschrank nach Alkohol ab. Sie fand nichts. Sie stürmte wütend frustriert und traurig bei der Tür hinaus. Sie brauchte einfach Abstand, aber den bekam sie nicht, da Tim ihr nachkam und sie nochmal fragte: „Was ist los? Ich glaube du verheimlichst mir etwas." Es war genau der falsche Zeitpunkt, um so etwas zu sagen, denn Sherry war gerade wütend und wusste nicht, wo sie ihre Wut hinauslassen sollte. Also schrie sie Tim an: „Du regst mich echt auf. Kannst du mir nicht einmal etwas Freiraum lassen. Vielleicht sollte ich mich

von dir trennen, um einmal Ruhe zu haben."
Verärgert drehe sie sich ab und ging ein paar
Schritte von Tim weg, doch er kam ihr schon
hinterhergelaufen und entschuldigte sich
sofort. Er meinte: „Vielleicht hast du recht.
Ich sollte dir etwas Freiraum geben, aber ich
kann einfach nicht ohne dich." Sherry war
einfach nur wütend und sie schrie ihn weiter
an: „Was willst du eigentlich von mir? Ich
will einfach allein sein! Verschwinde!" langsam drehte sich Tim ab. Es war schwer für
ihn sich umzudrehen und ohne noch etwas
zu sagen wieder zurück in ihr Apartment zu
verschwinden. Er wollte einfach unbedingt
wissen, was mit Sherry los war. Nun dachte
er zurück an die schönen Zeiten. Als sie sich
kennenlernten und sie frisch verliebt waren.
Als sie gemeinsam durch die Stadt zogen
Arm in Arm und der erste Kuss unter der
Linde. Er hatte es nie vergessen. Sie hatten
sich erst vor zwei Tagen im Kino zufällig getroffen und er wollte sofort ihre Nummer
haben. Erst wollte Sherry nicht mit ihm

Kontakt haben, aber dann hat er von sich erzählt und sie fing auch von ihr an. Spät am Abend gab sie ihm danach ihre Nummer und sobald er am nächsten Tag wach war rief er sie an. Sie machten sich aus sich zu einem Date zu treffen und er war ganz aufgeregt. Es war einer seiner wundervollsten Abende. Am nächsten Tag trafen sie sich im Stadtpark. Er hatte ein Buch mit, dass er ihr borgen wollte, doch sie wollte es einfach nicht annehmen. Er überlegte kurz und meint dann verschwörerisch: „Und wenn ich es bezahle, dass du es nimmst." Verwundert meinte Sherry: „Ok und schon hatte er sie geküsst." Er war einfach verliebt und sie auch.

Catch me if you can

Wahrscheinlich ist sie schon mit dem Flieger abgehauen, aber sie könnte vielleicht auch noch in der Nähe von London sein. Eher unwahrscheinlich. Sie muss aus Angst schon längst weg sein? Soll ich zur Polizei gehen? Aber wenn ich auf der falschen Spur bin? Wo ist sie?

Diese Worte hallten in Johns Kopf immer wieder. John schritt auf und ab. Seine Hände am Kopf und den Blick nach unten werfend. Katharina lag noch immer auf seinem Sofa. Ihr ging es langsam besser, denn sie wurde schon nüchterner. Sie war aufgewacht und bedankte sich bei John. Er nahm sich erstmal Zeit für Katharina und ihm fielen wieder die Gedankengänge von vorhin ein. Das Gefühl war ähnlich, wie wenn er Sahra sah, aber sollte er sich so bald nach Sahras Tod sich auf eine Beziehung einlassen? Es war schwer für ihn Sarah einfach so zu vergessen, deswegen verdrängte er den Gedanken und antwortete Katharina höflich: „Gerne. Du hättest sonst vielleicht einen Unfall gebaut. So wie du da vorher drauf warst." Katharina war der gleichen Ansicht und bedankte sich noch einmal. John erkundigte sich bei Katharina, ob irgendetwas passiert sei oder ob sie einfach nur aus Spaß getrunken hatte. Katharina entgegnete einfach: „Ich will jetzt nicht darüber reden!" damit war das Thema abgehakt und Katharina wollte nun Auskunft über den Stand der Mörderlage. John konnte ihr nur frustriert erklären, dass er keinen Plan hatte. Katharina rappelte sich aus dem Bett auf und meinte noch immer leicht schlaftrunken: „Durchsuchen wir als erstes ihr Haus vielleicht können wir irgendetwas finden." John hatte keine bessere Idee uns so fuhren sie ein paar Minuten später los. Henry kam natürlich mit. Das Haus sah ganz normal aus alles war gleich. Henry war begeistert, denn er mochte sein zuhause bei Sherry viel lieber als bei John. Er fragte John lächelnd: „Bleiben wir länger hier oder müssen wir oft unseren Standort wechseln?" John sah ihn verblüff an und er fragte: „Warum verwendest du diesen Ausdruck?" Henry antwortete: „Mama sagt das immer und was ist mit meiner Frage?" John meinte zu Henry: „Wir werden bei mir wohnen. Ich weiß, dass du mein Haus nicht magst, aber für ein paar Tage schaffst du das schon." Henry wandte sich traurig ab, aber John musste noch einmal über das nachdenken, was Henry gesagt hat: Sherry sagt oft Standort wechseln und plötzlich viel ihm es ein. Er schrie begeistert zu Katharina: „Wir müssen nur über ihr Handy den Standort bestimmen. Katharina schaute aus einer Kiste mit lauter Gläsern auf und jauchzte: "das ist die Lösung." Sofort griff John nach seinem Handy und gab Sherrys Nummer ein. Er fand ihren Standort auf einem waldigen Gelände. Katharina blickte nachdenklich auf sein Handy. Sie war leicht verwirrt und misstrauisch. "Warum sollte

Sherry im Wald sein. Vielleicht hat sie uns durchschaut und will nur eine Falle stellen.", dachte Katharina, aber John war nicht zu halten. Er stürmte aus dem Haus, setzte sich in sein Cabrio, vergaß fast Henry und Katharina mitzunehmen und als die beiden eingestiegen waren raste er schon los. Während der Fahrt versuchte Katharina John immer wieder darauf aufmerksam zu machen, dass es eine Falle sein könnte, doch blieb ohne Erfolg. John war einfach so begeistert und ließ sich nichts einreden. Der Weg zu der Stelle im Wald war nicht besonders gut. Zuerst war es noch ein Asphaltweg und dann mussten die drei in eine Forststraße einbiegen. Sie wurde immer schlechter und bald war sie auch noch sehr gatschig. John beschloss letztlich einfach auszusteigen und zu Fuß weiter zu gehen. Als sich Katharina und Henry erst davon sträubten blieb er kurz stehen. Katharina konnte ihn endlich über ihre Sorgen aufklären. Als John diese vernahm wurde er auch misstrauisch, doch er war sich sicher, dass er weiter musste, des Weiteren konnte Katharina auch falsch liegen, weswegen er trotzdem weiter ging. John war gespannt und schlich vorsichtig voran. Er versuchte sich hinter jedem Baum zu verstecken und ging ein paar Schritte neben dem Weg, um von vorne nicht gleich entdeckt zu werden. John fühlte sich zum ersten Mal etwas nervös und er hatte auch leichte Angst. Plötzlich hörte er etwas sehr lautes krachen und sofort in den nächsten Sekunden krachte ein Baum nur wenige Meter von ihm entfernt auf den Boden. John erhielt einen Schock. Seine Gedanken flogen hin und her: "War der Baum absichtlich auf ihn geworfen oder war den Zufall." Auf Nummer sicher gehend versteckte er sich schnell im Gebüsch, sodass ihn niemand entdecken konnte. Als er da lag hörte er Stimmen schreien: "Jetzt haben wir ihn!" John kroch vor Schreck in das Gebüsch hinein. Ihm fuhr ein Schauer über den Rücken und dachte über die Aussage nach. War er gemeint? Er rannte ängstlich wie ein Hase zurück zu Henry und Katharina. Er erklärte hektisch: "Die suchen uns schon!" "Die Männer?", fragte Katharina lachend, "Diese Dummköpfe!" John war verlegen. "Das schau ich mir genauer an, bestimmt sind das nur irgendwelche Holzfäller", beschloss Katharina. Kurz darauf schlich Katharina in den Wald und John mit Henry hinterher. Katharina erwies sich wie ein Profi im Anschleichen und ihr fiel auch kein Baum vor die Füße. Mutig stieg sie aus dem Gebüsch hervor. Ahnungslos fuhr sie die Männer an: "Was erlaubt ihr euch einfach einen Baum auf meinen Freund zu werfen!" Die Männer drehten sich schnell um und der eine fragte: "Wer seid ihr?", der andere war geistesschnell und erklärte: "Wir sind nur Holzfäller und freuen uns auch manchmal, wenn ein Baum fällt!" "Und warum hab ihr dann vorher zu mir gesagt, dass ihr mich habt?", fragte John, als er mit Henry aus dem Gebüsch kam. Lachend antwortete der andere

Holzfäller: "Wie haben doch nur den Baum gemeint ich habe gar nicht gewusst, dass dort ein Mensch ist. Tut uns leid." John meinte ruhig: "Ist schon ok. Immerhin ist nichts passiert." Katharina raunte John zu: "das war wieder ein Reinfall." John war einer anderen Meinung, denn er hoffte Sherrys Handy zu finden. Da lag er nicht falsch, denn als er alles durchsuchte fand John ein glänzendes Handy im Anhänger des roten Traktors. Er war erst begeistert, aber der Bildschirm des Handys blieb schwarz als er es Einschalten wollte. Sein Kopf sank und er raunt leise in sich hinein: "Blöde moderne Gesichtserkennung!"

Sherry fuhr mit ihrem Freund weiter. Sie waren auf dem Weg nach Norden, denn sie wollte erst einmal weg und dann nach Amerika, doch sie wusste nicht wie, denn ihr Geld reichte nicht für den Flug und Tim wollte sie auch noch irgendwie wegbekommen. Sie hatte echt Angst entdeckt zu werden oder, dass Tim etwas erfuhr. Am liebsten würde sie einfach die Zeit drei Jahre zurückdrehen. Damals war sie verliebt und John war auch noch verliebt. Sie ergaben echt ein gutes Paar und waren glücklich, doch als Sherry nach einer dreiwöchigen Reise durch die Karibik zurück kam war alles anders. Sie stritten andauernd wegen den unwichtigsten Sachen und diese Sahra hat echt alles zerstört. Tim fuhr gemütlich mit dem Auto, aber plötzlich schrie Sherry ihm ins Ohr: "Links abbiegen!" Auf der Ortstafel stand Liverpool. Also waren sie angekommen. Sherry sagte Tim den Weg an und er fuhr. Auf einmal wollte Sherry vor einem Hotel stehen bleiben. Sie meinte, dass sie eine Nacht schlafen wollte.

John war mit Katharina derweilen auf die Idee gekommen in einem Handygeschäft zu fragen und als Ausrede einfach sagen, dass sie den Pin vergessen haben. Die drei fuhren so schnell es ging wieder zurück nach

London in ein Handygeschäft. Der Berater meinte das er eine Weile brauchte, um in das Handy zu gelangen, da es ein gut verschlüsseltes Handy sei. Währenddessen gingen sie in ein Café. John sann nach. Er dachte an die Zeiten mit Sherry zurück und da fiel ihm ein das Sherry immer nach Amerika wollte. Er wollte nicht und deswegen sind sie nicht gefahren, doch einmal war sie drei Wochen in der Karibik. Ob sie wieder Amerika aufsucht? Katharina hatte einen Kaffee bestellt und John und sein Sohn Henry einen Kakao und einen Apfelstrudel mit Vanillesauce. Henry war ganz begeistert und fragte die ganze Zeit, ob er auch einen Kaffee trinken dürfe, aber John antwortete immer genervt: Nein du musst warten, bis du groß bist. Nach einer halben Stunde gingen sie wieder zurück in das Handygeschäft und fragte, ob der Berater schon fertig sei und es stellte sich heraus, dass er das Handy wieder auf Vordermann bekommen hatte. Glücklich gingen die drei in den Stadtpark und warfen erstmal einen Blick in den Chat. Da waren viele Nachrichten von Tim, aber nichts Weiterbringendes. Erst als John in Sherrys Notizen blickte fand er ein online Tagebuch. Sie hatte alles aufgeschrieben und vor zwei Tagen war der letzte Eintrag:

Liebes Tagebuch!

Heute fühle ich mich Alleine. Hoffentlich bin ich in Amerika glücklich. In zwei Tagen fahre ich nach Liverpool und reise von dort mit dem Schiff nach Amerika. Es ist eine Flucht vom Leben. Tim der nervige muss ich auch irgendwie abschütteln, aber das kriege ich schon hin. Zurzeit gibt's Wichtigeres. Bis später.

Sherry!

Das war wirklich ein schöner Eintrag und er war hilfreich, da sie jetzt wussten, wo Sherry ist. John wollte gleich losfahren, aber Katharina meinte das sie eine Nacht darüber schlafen sollten, da Sherry sowieso nicht so schnell ein Boot nach Amerika finden würde. John sah das allmählich ein und so gingen sie erst einmal zu John nach Hause schlafen.

Sherry und Tim hatten ein Zimmer gefunden und waren nun im Bett. Sherry hatte vor in der Nacht ein Schiff zu stehlen, um nach Amerika abzuhauen.

Als es Nacht wurde schlich Sherry zu ihrem Kleiderkasten und zog ihre Jacke an, doch das Rascheln der Jacke weckte Tim auf und er fragte verschlafen: "Wo willst du hin?" "Ich wollte nur runter an die Bar, um mir etwas zu Trinen zu besorgen" stotterte Sherry verlegen. Tim meinte das er mitkommen wolle, aber Sherry meinte das sie doch nicht so durstig war. Seit diesem Moment drückte Tim kein einziges Auge zu, da er endlich herausfinden wollte was Sherry wirklich trieb. Am Morgen stand Sherry schon früh auf und Tim war natürlich auch schon auf. Sherry sagte, dass sie einen Spaziergang am Ufer des Meeres machen wollte und deswegen gingen sie jetzt die vielen Treppen zum Ausgang hinab. Es war erst fünf Uhr in der Früh und Tim wunderte sich, warum Sherry schon einen Spaziergang machen wollte. Sie meinte immer nur, dass sie das Meer in der Früh liebte, doch auf einmal kam ein schnelles Cabrio um die Ecke geschossen und leuchtete mit den hellen Lichtern direkt auf die Gesichter der Beiden. Sherry wollte sich schon bei dem Fahrer beschweren, doch da sah sie John am Steuer. Sherry riss Tim mit einem Ruck an das Ufer und sprang auf eines der Fischerboote, die im Hafen standen. Da Tim nicht wusste was los war sprang er einfach hinterher. Katharina und John rissen die Autotür auf und rannten an das Ufer, doch das Boot von Tim und Sherry war schon zu weit weg. Katharina und John fragten einen Fischer, der schon früh am Morgen in seinem Boot stand, ob sie das Boot einen Tag lang ausleihen durften. Er antwortete: "Ja, natürlich, aber bringt es mir bis morgen um diese Uhrzeit wieder heil zurück" Beide sprangen auf das Boot und fuhren davon noch von weiter Entfernung hörte man Katharina "Danke" rufen. Das Boot war gut ausgestattet und John fand ein Fernglas in der Kajüte, während Katharina das Steuer übernahm. John blickte in Richtung Sherrys Boot. Er bemerkte schnell das Sherry um einiges schneller fuhr, obwohl Sherry und Tim ein älteres Fischerboot fuhren. John ermutigte Katharina schneller zu fahren und schärfte seinen Blick zu Sherry. Er sah, wie sie eine heftige Diskussion austrugen. Plötzlich stürmte Tim wütend auf Sherry zu und wollte sie zu Boden reißen, doch sie wich aus und warf Tim ins Wasser. Als John das sah befahl er Katharina stehen zu bleiben. Katharina blickte ihn verdutzt an, aber als er ihr zunickte blieb sie im Vertrauen zu John stehen. Er reichte Tim die Hände und zog ihn mit aller Kraft aus dem Wasser. Nun verstand Katarina, auch wieso John auf einmal stehen bleiben wollte. Als die Rettung

vollendet war stellte John dem durchnäss-
ten Tim ein paar Fragen, die er schon immer
wissen wollte zum Beispiel warum Tim gegen den Mord nichts unternommen habe.
Dann stellte sich heraus das Tim von dem
Ganzen nichts wusste und das Sherry ihm
niemals dieses Geheimnis anvertraut hätte.
Nun wurde John so einiges klar und er hatte
seinen Groll gegen Tim beendet. Die Jagd
ging weiter. Sie hatten Sherry bald wieder in
Blickkontakt und da Katherina immer besser
fuhr kamen sie schnell näher. Bald waren sie
schon auf gleicher Höhe mit Sherrys Boot.
Tim erklärte, dass es einen Turn-off-Knopf
für den Motor an Sherrys Steuer gab. John
dachte direkt daran einen Stein auf den
Knopf zu werfen und dann schnell zu Sherry
hinüberspringen. Der erste Versuch ging
gut, doch plötzlich kam ein Windstoß und
der Stein verfehlte sein Ziel. Als Sherry den
Stein niederfallen sah krächzte sie schrill zu
John hinüber: "Willst du mich leicht mit Stei-
nen bombardieren. Das bringt jetzt auch

nichts mehr. Deine Frau ist tot und das ist gut so!" Diese Worte fuhren tief in Johns Herz und ihm wurde wieder einmal klar was oder besser gesagt wen er verloren hatte. Doch das machte ihn nicht schlapp, sondern noch wütender und so warf er noch mehr Steine zu Sherry hinüber und Katharina half ihm. Tim konnte es nicht über sein Herz bringen Sherry zu verletzen, aber nachdem was sie gemacht hatte konnte er ihr auch nicht mehr helfen und so hielt er es am besten sich einfach in der Kajüte zu verkriechen. Nach einigen Versuchen hatte John endlich den Knopf getroffen. Katharina lenkte näher an Sherrys Boot heran, aber Sherry war so klug den Knopf wieder einzuschalten. Gerade als John zu ihr hinüberspringen wollte gab sie nochmal Gas. Nun fuhr Sherry Schlangenlinien und Katharina fiel es schwer ihr zu folgen, doch auch das konnte sie meistern. John wollte einen neuen Versuch starten, um zu Sherry hinüber zu kommen und er ging erstmal in die Kajüte, um irgendeine

Sache zu finden die nützlich sein konnte, denn auf dem Boot gab es so viel Zeugs, das ihnen helfen konnte. Im letzten Eck lag eine alte Taucherausrüstung. Sie verfügte über eine Tauchermaske eine Gasflasche und einem Neoprenanzug. John hatte eine Idee, er könnte ein Seil, das oben am Deck lag, nutzen, um es an Sherrys Boot zu befestigen und damit Sherry das nicht mitbekam musste John tauchen. Als erstes knüpfte er das Seil an seinem Boot fest und sprang ins Wasser und ließ sich von dem Boot mitziehen. Er überlegte nicht lang und schwamm mit aller Kraft zu Sherry Boot. Mit letzter Kraft befestigte er das Seil an dem untersten Teil von dem Gelände des Fischerboots und nun bewegte sich Johns Boot immer hinter Sherrys. John kam der Gedanke als er sich bei dem Seil festhielt auf ihr Boot zu klettern und er führte den Gedanken auch gleich aus. Er kletterte geschickt und hielt sich dabei an dem Seil fest. Er hantelte sich immer weiter nach oben bis zu dem untersten Teil des

Geländers und dann schaute er auch schon mit dem Kopf aus dem Wasser, doch die Gefahr war noch nicht überstanden. John konnte sich leicht am Geländer hochziehen, doch plötzlich entdeckte Sherry ihn und sie stürmte auf das Geländer los. John war klar, dass wenn sie ihn erreichte, bevor er am Boot war, sie ihn leicht wieder ins Wasser werfen konnte und so beeilte er sich, denn es handelte sich um Sekunden. Als John endlich am oberen Ende des Geländers angekommen war sprang Sherry auf ihn los. John hüpfte gedankenschnell auf die Seite und Sherry griff ins Leere. John kletterte vollends auf das Boot und sah nun Sherry in die Augen. Auf diesen Moment hatte er so lang gewartet und jetzt konnte er Sherry endlich das geben was sie verdient hatte eine satte Strafe.

Der finale Akt

Sherry versuchte sich mit ihren Beinen und Armen zu währen, doch merkt bald das John stärker war und so lief sie weg. Doch bald bemerkte sie, dass das Boot kleiner war als sie dachte und so konnte sie John nicht mehr entkommen. Hilflos sprang sie ins Wasser und John sprang, ohne nachzudenken hinterher. Beide konnten gut schwimmen und so war es ein knappes Rennen. Katharina versuchte mit ihrem Fischerboot, Sherry zu stoppen. Doch als Sherry das sah holte sie tief Luft und tauchte unter dem Boot durch. Da Katharinas Boot nicht so wendig war konnte sie Sherry nicht gut verfolgen und so gab Katharina auf und blieb einfach im Boot sitzen und schaute gespannt dem Wasserspektakel zu. Sherry hatte extreme Angst. Was wenn John sie einfangen würde? Was er wohl mit ihr anstellen würde? Doch sie wollte es lieber nicht darauf ankommen lassen. Sie schwamm und schwamm doch wohin? Als sie einmal auf sah erblickte sie eine Insel ohne ein wirkliches Ziel schwamm sie einfach darauf los und sie konnte bald einen wunderschönen Strand mit Palmen erkennen. Als John das sah freute er sich innerlich da er wusste, dass er am Land schneller und geschickter sein wird als Sherry. Er dachte, dass das seine Chance sei, aber geht das wirklich so einfach?

Katharina fuhr mit dem Boot wieder ein Stück voran und als sie die Insel erkannte sah sie das als ihre Möglichkeit Sherry dort zu erwarten. Sie fuhr schnell auf eine Bucht der Insel mit Sherrys Boot im Schlepptau, aber sodass die Flüchtige es nicht bemerkte, weil sie sonst sicher nicht mehr zur Insel schwimmen würde. Am Ufer legte sie an und band ihr Boot an einen Baum und das zweite Boot war einfach an der Schnur die John befestigte und konnte so auch nicht davon schwimmen. Nun galt es nicht aufzufallen und deswegen versteckte Katharina sich hinter einer Palme. Als sie da so stand dachte sie an die Zeiten der Freundschaft zu Sherry. Früher waren sie noch jung und fröhlich. Sie hatten zwar oft streit, aber sie haben immer wieder zueinander gefunden und waren gute Freunde. Sie hatten sich mit 17 Jahren kennengelernt als sie studierten, doch Sherry wurde immer nerviger und irgendwann nach einem Streit sind sie dann doch auseinander gegangen. Katharina hatte sie dann ein Jahr lang nicht gesehen, bis Sherry sie um den Gefallen bat John zu verwirren. Katharina hatte keinen Plan warum, aber tat das wegen dem Geld. Nun hatte sie die Gelegenheit Sherry heimzuzahlen, dass sie Katharina benutzt hatte. Katharina tüftelte sich einen Plan aus. Sie wollte warten bis Sherry aus dem Wasser kam und sich dann auf sie stürzen und festhalten. John war sich in einem bewusst. Jetzt oder nie. Er schwamm um sein Leben doch seine

Hände machten schon schlapp. Wie Sherry das Schwimmen doch nur durchhielt. Er war so nass und sehnte sich nur nach einem warmen Ofen und einem leckeren Frühstück. Er wollte einfach nicht mehr schwimmen und Sherry auch nicht mehr hinterherrennen. Alles in seinem Kopf schrie: "Es reicht! Mach dem Verfolgen ein Ende." Er war sich sicher es zu schaffen und dann konnte er mit Katharina erfolgreich zurückfahren und Sherry der Polizei übergeben.

Mittlerweile war Sherry am Ufer angekommen. Sie blickte am Strand umher und konnte nichts entdecken. Ohne Plan ging sie Richtung Wald genau zu der Palme wo Katharina stand. Als sie nur noch zwei Meter von der Palme entfernt war sprang Katharina hervor und warf sich auf Sherry, doch die sprang so gedankenschnell auf die Seite das Katharina im Sand landete. Sherry zog schnell ein Messer aus ihrer Tasche und hielt es Katharina an den Hals. Sie stöhnte außer

Atem: "Keine Bewegung." Katharina hatte nicht verstanden was passiert war, aber sie hatte sehr große Angst vor dem Messer und sie erstarrte. Den beiden ehemaligen Freundinnen rann der Schweiß von der Stirn hinunter. Bald kam auch schon John aus dem Wasser und als er die Lage erkannte wurde ihm klar, dass es nicht leicht sein wird Sherry festzunehmen. Als er sich in der Schwierigkeit der Situation einig wurde schrie Sherry ihm auch schon zu: "Stehen bleiben. Keine Bewegung sonst wars das mit Katharina." John war sich klar, dass Sherry ernst machen würde und lief weg. Er kam sich ein bisschen wie ein Angsthase vor, aber was sollte er machen? Er lief aber nur ein Stück weg und versteckte sich dann hinter einer Palme. Er beobachtete, wie Sherry die geschockte Katharina fesselte, aber wie konnte er Katharina helfen. Solange sie in Sherrys Hand war hatte Sherry ein Druckmittel. Sherry hatte Katharina so gefesselt, dass Katharina an der Palme lehnte. Katharina hatte sich langsam wieder erholt und sie versuchte nun aus den Fesseln zu kommen doch vergebens Sherry wusste einfach, wie man jemanden fesselt. John hatte ein paar Ideen z.B. konnte er sich anschleichen und Katharina mit seinem Taschen Messer die Fesseln durchschneiden oder sich anschleichen und in einem unaufmerksamen Moment von Sherry sie überfallen und festbinden. Die ganzen Ideen brachten aber auch eine gewisse Gefahr mit sich, doch musste er etwas unternehmen. Die Sonne stand noch nicht sehr hoch demzufolge war es gerade neun bis zehn Uhr also brachte es auch nichts auf den Abend zu warten. Er musste handeln. Er entschied sich Katharina die Fesseln durchzuschneiden. Er sah zu den zwei Frauen hinüber und sah Sherry noch immer mit dem Messer in der Hand vor Katharina sitzend, doch in einer Entfernung von mindesten fünf Meter. Wenn er es schaffen würde unbemerkt hinter Katharina zu kommen und die Fesseln durchzuschneiden, konnte Katharina mit John am Strand davonlaufen.

Um nicht aufzufallen schlich er sich durch den Wald an. Er schlich einige Meter in ihn hinein und schritt dann parallel zu dem Strand durch das Gestrüpp des Urwaldes. Es war dort paradiesisch und er stellte sich vor auf dieser Insel einen Luxusurlaub zu machen, aber er wollte sich nicht ablenken lassen. Nach einigen Metern blieb John stehen. Er hatte das Gefühl beobachtet zu werden und gleich darauf fuhr ein Pfeil nur 30 Zentimeter vor ihm in den Boden. Ängstlich machte John einen Sprung auf die Seite und dann sah er etwas Unglaubliches. Da kam Sahra angelaufen und lächelte ihm zu. John stieß einen Jauchzer aus und rannte auf sie zu, doch plötzlich stutzte er. Bei genauerem Hinsehen erkannte er, dass es nicht Sahra war. Er war geschockt. Zuerst konnte er es nicht glauben, da er sich schon so gefreut hatte, aber dann wurde ihm klar, dass es unmöglich war Sahra hier auf einer einsamen Insel anzutreffen, wo sie doch schon längst ermordet wurde. Das Mädchen sprach ihn an: „Hallo, wer bist du?" John sah sie verblüfft an. Er antwortete ausweichen: „Woher kennen sie meine Sprache? Wer sind sie?" Sie antwortete nur mit: „Ich habe zuerst gefragt." Also erzählte John ihr alles über sich und warum er hierhergekommen war. Sie nickte nur und meinte am Schluss, dass sie ihm helfen könnte. Er glaubte nicht, dass sie ihm helfen konnte und wies sie kalt ab. Das Mädchen aber hörte nicht auf ihn einzureden und letztlich überredete sie ihn. Als John ihr erlaubte mit ihm zu gehen lächelte sie ihn wieder genau wie vorher an und er musste wieder an Sahra denken. Sie schlichen wortlos dem Strand entgegen und schon bald sah John das Meer. Er warf sich sofort auf den Boden und das Mädchen, welches wie John später erfuhr Melania hieß, machte es gleich wie er. Langsam krochen sie voran und als sie nur noch ein paar

Meter von der Palme an der Katharina gefesselt, blieben beide liegen. John flüsterte Melania zu: „Bleib hier liegen. Ich schneide meiner Freundin die Fesseln durch und versuche dann das Messer von Sherry zu bekommen. Du rennst mit Katharina in den Urwald und wenn ich laut schreie dann kommst du mit ihr wieder heraus. Wenn ich nicht schreie, dann bleibst du vorerst in dem Wald und versuchst mit dem Motorboot, welches in einer Bucht steht zu fliehen."

Nun war die Minute der Wahrheit gekommen. Er wusste, dass er nur eine Chance hatte Sherry zu fangen und sie gerecht der Polizei zu übergeben. Mit einem Satz war John auf gesprungen zückte sein Messer und schnitt die Fesseln durch, dann sprang er weiter und warf sich auf Sherry die vor Schreck erstarrt am Boden saß. John hatte sein Messer weggeworfen, da er sie auf keinen Fall töten wollte. Er schaffte es ihre Starre auszunutzen und konnte auch ihr das

Messer entreißen. Nun stand es Mann gegen Frau. Sie schrien sich gegenseitig an und rannten aufeinander los, wie zwei wildgewordene Bären. John verpasste ihr einen Hieb ins Gesicht und Sherry traf mit ihrer Faust seine Weichteile. Beide krümmten sich vor Schmerzen, doch John stand noch einmal auf. Er war so weit gekommen und konnte einfach nicht aufgeben. Sherry hingegen sah keinen Grund mehr zu überleben. Sie lag bequem im Sand und plötzlich fühlte sie etwas Kaltes bei ihrer Hand. Es war ihr Messer, dass John ihr entrissen hatte. Sie war so verzweifelt, dass sie keinen Ausweg mehr wusste. Sie hob das Messer in die Luft und rammte es in ihr Herz. Es tat weh und sie spürte Massen an Blut aus ihrem Körper fließen.

Als John, das sah wurde er geschockt. Er hatte noch nie etwas so Schreckliches gesehen außer an seiner Hochzeit. Er war geschockt als er das Blut sah. Das war ein

Trauma, welches ihn wohl ewig verfolgen würde. Mit seiner letzten Kraft brachte er sich noch neben Sherry zum Liegen. Sie sprach langsam und krächzend: „Ich habe etwas falsch gemacht. Ich war einfach so eifersüchtig und an deiner Hochzeit habe ich versucht mich von meiner Eifersucht zu lösen und ihr zu verzeihen, doch Sahra hatte mich nur ausgelacht und sie meinte, dass es vielleicht so besser sei. Ich hätte sie nicht töten dürfen." John richtete seinen Oberkörper auf und sah in Sherrys bleiches Gesicht. Sie sagte stöhnend: „John, es tut mir leid." Dann schloss sie ihre Augen und starb.

Katharina und John

Katharina war einfach der Aufforderung des kleinen Mädchens gefolgt und rannte ihr hinterher in den Urwald. Sie rannten an Bäumen Büschen und Felsen vorbei und blieben dann hinter einem Busch liegen. Als beide verschnauft hatten, machten sie sich bekannt und Katharina erfuhr, dass Melania eine Forscherin sei und diese Insel erforschte. Sie war auf der Insel auf Urwald Menschen gestoßen und wollte diese Bewohner genauer untersuchen. Sie war schon seit zwei Jahren hier. Eines Tages kamen andere Menschen auf die Insel und die Ureinwohner bekamen Angst. Sie wollten die Menschen töten, doch Melania war dagegen und so haben sie abgewartet, bis die Menschen wieder verschwanden. Seitdem machten sie es immer so mit den Besuchern auf dieser Insel, doch dieses Mal wollte Melania mit anderen Leuten Kontakt aufnehmen und sie ging heimlich zu John, um ihm zu helfen. Am Schluss sagte sie auch noch, dass Katharina diese Informationen niemandem außer John weitersagen dürfe. Katharina war sehr erstaunt und sie hatte noch tausend Fragen an die Wissenschaftlerin, doch dann hörten sie plötzlich John schreien und Melania meinte, dass Katharina nach Süden gehen sollte, um den Strand zu finden. Katharina bedankte sich bei ihr, aber da war sie schon verschwunden.

Katharina warf einen Blick auf die Sonne und sie wusste es war Mittag. Sie ging einfach immer in die Richtung der Sonne und auch schon bald sah sie die beiden am Strand liegen. Als sie das ganze Blur sah rannt sie vor Schreck auf den Strand hinaus zu Sherry. Zitternd fragte sie John, der gerade eine Grube grub: „Ist sie tot?" John nickte. Noch immer zitternd entfernte sich Katharina langsam von Sherry und half John eine Grube zu graben. Sie fragte ihn über alle Geschehnisse aus. Später war die Grube endlich groß genug und John hob Sherry hinein. Als sie die Grube schon wieder mit Sand bedecken wollten kam Tim. Er hatte alles beobachtet. Als Katharina in einer Bucht mit dem Boot stehen blieb stieg er auch aus und verkroch sich in einem Busch. Er blickte Sherrys Leiche traurig an und sagte leise: „Warum hast du das gemacht?" Die Antwort blieb in der Luft hängen. Tim hatte Melania nicht gesehen und Katharina und John wollten ihm auch nichts von ihr erzählen als die Wissenschaftlerin plötzlich selbst aus dem Gebüsch kam. Tim erschrak er wusste nicht was er sagen sollte. In seinen Augen sah sie so aus: Wunderschön, die schönsten blauen Augen der Welt, ein wunderbares Lächeln und eine geniale präsente Ausstrahlung. So dachte Tim als er Melania zu Gesicht bekam. Ihm war klar, dass er seine Liebe gefunden hatte, doch war er schon für so etwas bereit und mag Melania ihn überhaupt? Über diese Frage brauchte er nicht lange nachdenken.

Melania begrüßte alle und sie hatte sich auch sofort in Tim verliebt. Mutig fragte sie Tim wie er heiße und ob er Lust hätte mit ihr am Strand etwas zu spazieren? Tim stimmte zu und so lernten sie sich kennen. Sie waren wie ein junges Teenager Paar, dass nie wusste was als Nächster kam. Im Verlauf des Nachmittags begannen sie auch den Charakter des anderen zu lieben und waren einfach nur glücklich. Melania erzählte Tim alles über ihre Karriere als Wissenschaftlerin und Tim weihte sie in seine Geheimnisse ein. Melania wollte noch einige Monate auf der Insel bleiben. Tim war anfangs etwas verwirrt und hatte Angst mi ihr auf der Insel zu bleiben, aber er konnte sich sehr gut damit abfinden. So würde er immer bei Sherry sein können und Melania jeden Tag sehen können. Er war endlos zufrieden.

Katharina und John sahen ihnen zu und waren froh, dass alles ein halbwegs gutes Ende genommen hatte. Sie wollten nicht sofort wieder zurück an das Festland. Sie saßen nebeneinander und schauten auf den Horizont des Meeres. Es war ein wunderschöner Ausblick und ein sehr romantischer Moment. John legte seinen Arm langsam über Katharinas Schultern und dann küsste er sie. John war endlich bereit mit der Sache, um Sahra abzuschließen und sie war jetzt ein Teil seiner Vergangenheit, aber nicht seiner Zukunft, denn die war ungewiss und noch voller Erlebnisse.

Zeitfracht Medien GmbH
Ferdinand-Jühlke-Straße 7
99095 Erfurt, Deutschland
produktsicherheit@kolibri360.de